讲人间词话评

苏缨——著

哈尔滨出版社
HARBN PUBLISHING HOUSE

图书在版编目（CIP）数据

人间词话讲评／苏缨著.—哈尔滨：哈尔滨出版社，
2009.9（2022.11重印）
ISBN 978-7-80753-779-3

Ⅰ．①人… Ⅱ．①苏… Ⅲ．①人间词话-文学评论 Ⅳ．I207.23

中国版本图书馆CIP数据核字（2009）第108887号

书　名：人间词话讲评
RENJIANCIHUA JIANG PING

作　者：苏　缨 著
责任编辑：尉晓敏　李维娜
封面设计：象上设计

出版发行：哈尔滨出版社（Harbin Publishing House）
社　　址：哈尔滨市香坊区泰山路82-9号　　邮编：150090
经　　销：全国新华书店
印　　刷：天津文林印务有限公司
网　　址：www.hrbcbs.com
E-mail：hrbcbs@yeah.net
编辑版权热线：（0451）87900271　87900272
销售热线：（0451）87900202　87900203

开　本：720mm×980mm　　　1/16　　印张：9.5　　字数：140千字
版　次：2009年9月第1版
印　次：2022年11月第2次印刷
书　号：ISBN 978-7-80753-779-3
定　价：38.00元

凡购本社图书发现印装错误，请与本社印制部联系调换。　服务热线：（0451）87900279

《人间词话》，一本充满陷阱的理论书

出版社约了我几篇稿子，其中就有对王国维《人间词话》的讲评。理由当然很简单：有市场。在这个简单的理由之下藏着一个令人颇有几分费解的问题：这样一本书为什么会有市场？

后来我发现了答案，至少是所有答案中比较重要的那个答案：《人间词话》被列为中学语文课外读物了。是呀，全国有那么多学生、那么多家长，难怪《人间词话》的各种讲评本、导读本层出不穷。但是，这个答案又带出了一个新问题：《人间词话》不是小说，不是诗词，不是散文，而是一本文艺理论书，比较抽象，比较枯燥。更要紧的是，它是新旧时代之交、中西学术之交的一部特殊的理论著作，别说书里的细枝末节，单是最基本的那些概念就很难搞清楚是什么意思。专家们争论了快一百年，现在也远还没到胜负已分的时刻，不知道中小学生们该怎么去理解呢？

但是，在普通读者之中，很少人会说《人间词话》难懂。的确，这本书看上去并没有什么令人生畏的地方：一小段、一小段的，简明扼要，通俗易懂，甚至一些注本、评本也沿着这个思路在走。其实呢，这本书充满了陷阱，是最容易被人误读的。

为什么这么说呢？因为《人间词话》并不是一部现代意义上的严谨的理论专著，而是近似于随笔、札记一样的东西，不但对重要的概念缺

1

乏界定，论述更远远谈不上严谨。最要命的是，书中的一些专业术语在字面上根本就是我们的常用词，含义却大相径庭。于是读者一看过去，往往很容易就按自己对常用词的理解来理解这些专业术语了。比如"境界"这个词，我们都知道它指的是精神修养，我们会说一个人境界很高，一首诗境界很高，但在《人间词话》里，"境界"作为一个专业术语完全不是这个意思。雪上加霜的是，王国维有时还会在当时语言的常用义项上使用"境界"一词——指的是人的处境。再如"理想""赤子之心""优美""宏壮""崇高""关系""限制"等等，各有西学背景，背后是一整套康德、叔本华等人的美学体系；还有例如"兴趣"这样的词，虽是中国传统文论的专门概念，也不能以 interest 简单视之。所以，如果你发现某个注讲本里对这些概念全都按我们日常用语的意思来作解释，甚或根本不以美学概念视之，让你读起来一点儿都不吃力，你就可以断定这本书是忽悠人的。

尤其是，王国维虽然讨论的是中国传统文化特有的文体"词"，但他的哲学、美学的理论基础却是深深得自于康德、叔本华、席勒等西洋名人那里。所以，我们如果只以本土文化背景想当然地理解《人间词话》，误读就是可想而知的了。

西哲的理论对我们大多数中国人来讲毕竟隔阂得很，就连专家们也常有掉进这些陷阱的时候。而且，有些理论和思维方式实在背离我们的常识太远，接受起来就越发困难。比如"美是客观的，不会有'各花入各眼'的情况"，这是康德的观点；"理性不是科学的基础，直观才是"，这是叔本华的观点……这些观点如果是我说的，并且发布在某个人气很旺的论坛上，相信会让很多人体会到智商上的优越感。但是，让我非常发愁的是，这些内容将会是我们理解《人间词话》的必经之路。也就是说，对西方美学的了解，尤其是对德国古典美学的了解将是理解《人间词话》的必由之路——每个大师所达到的高度都是在前辈巨人的肩膀上取得的，所以我们必须要踩着柏拉图、康德、叔本华等人的肩膀攀登到王国维那里。还要经由种种中国传统的诗歌理论，去理解这本看上去并不太折磨人的《人间词话》。这听上去也许并不令人愉快，但很无奈的是，这就是不得不接受的事实。就像我们在生活中常会遇到的那种情形：总有些痛苦是必须经历的——在叔本华的观点里，苦难恰恰是一切生命必不可少的，而且会随着知识的增加而加剧。无论对于作者还是对于读者，这是不是有些反讽呢？

无论如何，为了最大限度地降低痛苦，我在通俗化上作出了也许可以称之为非凡的努力，在小范围里反复地征求过意见，然后反复地修改。但是，正如我不可能把《论语》讲到如南怀瑾和于丹那样令广大人民群众喜闻乐见的程度，我再怎么努力也不可能把《人间词话》写得让中学生们爱不释手。尤其是，当通俗性和准确性发生了不可调和的矛盾时，我会非常沉痛、非常不忍地选择后者。抽象描述、理论思辨以及哲学、美学的一些枯燥术语终究是无法避免的，这一定会让广大女性读者深恶痛绝。同为女性中的一员，除了无奈我还能表示什么？

应该没有人会否认，读书是有顺序的。读《人间词话》也是一样，不能直接上手，而是有三种基本功要做：一是德国古典美学，二是中国传统文论，三是王国维其他的美学作品（尤其重要的是《红楼梦评论》，以后我会单独来讲）。作好了这些铺垫，再读《人间词话》就会非常轻松，这才是顺流而下、水到渠成的读法。但我既然专讲《人间词话》，就只能退而求其次，把以上三项内容随文讲解。

对王国维美学源流的梳理以及对《人间词话》中所涉及的各种背景知识的介绍将会占用本书的大半篇幅，所以对有些内容不得不作割舍。以书中的第一节为例，这一节的重点是王国维的"境界"说，符合逻辑的讲评应该遵循这样的次序：先讲清楚西哲的理论如何影响了王，进一步如何影响了《人间词话》中具体的"境界"说，罗列证据，并反驳与之对立的主要观点；再讲"境界"说如何如何，推出结论。但在实际写作过程中，我大略是直接从"境界"说讲起的，梳理一番在这个概念上的东西方的学脉，然后拿出结论，就此结束（这已经很费篇幅了）。所以，"应该"中的前边那几条就只好略而不谈，作为本书预设的、不证自明的公理了。

学如积薪，往往后来居上。《人间词话》毕竟是太早之前的文艺理论作品，地位是经典的，但问题也是很多的。成就和问题我都会谈到，既有公论，也有我的一家之言。这次我的三本书：《人间词话讲评》、《诗经讲评》和《纳兰词续评》虽然仍是面对大众读者，以通俗易懂为第一要务，但也希望能在知识的普及之外，对古典文学领域的学问的积累有自己一点薄薄的贡献。

当然，对《人间词话》的解读可谓众说纷纭、莫衷一是，专业圈一直分歧太大，普及本往往谬误太多，我也不敢说我给出的就是标准答案。大家不妨多找找其他版本，多方比较。买东西要货比三家，读书要兼听则明，一样的道理。

还有必要说明一下版本的问题。《人间词话》有手定本、手稿本、未刊稿等等不同的版本，文字和条目的排序都有不同，连观点都有差异。我这里用的是王国维的手定本，这个版本的好处就是出自作者自己的安排，能够最清晰地表现出《人间词话》作为一部完整作品的美学体系。

我们理解《人间词话》，应该以王国维的手定本为主，适当参照手稿本，而不能相反。试想一下，任何一本书，如果草稿和定稿并存，谁会先去读草稿呢？这是一个不是问题的问题，但很奇怪的是，它确实很成问题。

最后要说的是，本书第一到第九节偏重理论，自第十节以后偏重作品分析。相信在读过之后，除了对《人间词话》的理解之外，初级诗词爱好者的鉴赏力应该能更上一层楼。

一般讲解诗词，重点会放在背景知识、字词释义和人物故事上，但这本书的重点是放在诗艺上的。哪些是好诗，哪些是不好的诗，为什么好，或者为什么不好，都是有道理在的。中国的文艺评论有两个不大好的传统，一个是忽悠人，一个是敷衍人。所谓忽悠人，就是爱说一些玄而又玄、大而无当的话，好像有点儿什么意思，又很难说清到底是什么意思，好像这么解释才对，又好像那么解释也对；所谓敷衍人，就是过分强调审美的主观性，说一首诗为什么好，因为"我觉得好"，为什么觉得好，因为"心领神会，不可言说"，其实多数情况下那只是他自己功力不到，所以才会说不清。我不否认确实有一些难以言传的东西，但那只是极个别的。

文艺理论的一大功能就是把所谓不可言说的东西言说出来。但是，并不是所有人都愿意这么做，也不是所有人都赞成这么做，甚至有人觉得似懂非懂的朦朦胧胧的感觉才是最好的，这也无可厚非。"禅客相逢唯弹指，此心能有几人知"，我尊重弹指派的深不可测，但我是讲理派。

苏缨

2009 年 1 月

目　录

目 录

目 录

词以境界为最上。有境界则自成高格，自有名句。五代、北宋之词所以独绝者在此。

《人间词话》才一开篇，便抛出了一个可谓全书最重要的概念：境界。但最大的麻烦也在这里，因为学者们每提出一个概念，总要给这个概念赋予定义，王国维却一点都没有解释他所谓的"境界"到底是什么意思。

于是，等《人间词话》成了经典，"境界"一词便被不断地深挖广证，结果是言人人殊、莫衷一是。之所以造成这种局面，恐怕主要是王国维在学术史上的地位所致。在文艺理论研究上，《人间词话》正处在新旧鼎革的交界线上，正是从近代学术迈向现代学术的一步，既有其现代性的一面，也有其传统性的一面，而概念的模糊性正是传统文论的一大特点。

古人谈诗论艺，说的话往往比较玄，比如神韵、风骨什么的，大多只可意会、不可言传。王国维虽然在《人间词话》里明确批判了这些玄而又玄的古典神秘主义色彩，但自己毕竟是在这种氛围里长大的，要想完全摆脱并不容易。所以，"境界"到底是怎么回事，也许最好的办法就是把整部《人间词话》梳理下来，那时候大约就可以会然于心了。

但是，归纳法和演绎法或许可以并行不悖。在这里，我先把"境界"一词的来历和影响力简单讲讲，然后再发掘根源，最后再去给它下一个定义。

古人谈诗论艺，最常用也最经典的一个概念是"意境"，这是唐代诗人王昌龄所著的《诗格》中最早用起来的一个词。"境界"看上去和"意境"有几分相似，而学者们一般会说"境界"完全是一个外来词语，是佛经里的概念。

的确，"境界"一词在大乘、小乘经典里都很常见。佛经里用到"境界"，意思非常普通，即"疆界"，最大的引申也就是"范畴"了，并不存在什么深刻含义。但这是不是一个外来语呢？恐怕未必，因为本土的传统典籍里也常用的。比如《列子》说，"西极之南隅有国焉，不知境界之所接，名古莽之国"，《后汉书》说，"当更制其境界，使远者不过二百里"，也都是把"境界"当"疆界"来用。从这个源头来理解，王国维所谓词的境界，应该就是说词所营造出来的一个独立的艺术空间。

如果这样理解，的确可以应付《人间词话》里的大多数问题，但王国维说，"有境界则自成高格，自有名句"，这就意味着有些词是没有境界的。也就是说，这样的一些词并没能营造出一个属于自己的艺术空间。这似乎就难于理解了。因为一般来说，任何词作都有自己的艺术空间，只是高下有别罢了。我们只能说阳春白雪境界高，下里巴人境界低，但不能说阳春白雪有境界，下里巴人没有境界。

这问题不好解释，但越是不好解释，就越能吸引更多的人来作解释。这就和经学的状况很相似了：大家都认为自己是在为经典作阐释，其实很多时候都是借旧瓶装新酒，敷衍出自家的一套理论。比如冯友兰就以哲学家的眼光认定，所谓境界，就是人对宇宙人生的觉解程度。我想，这句话应该是最容易被大家接受的。那么，"词以境界为最上"也就意味着判断一首词的高下，要看它在多大程度上表达了作者对宇宙人生的觉解。如果找个例子来说，欧阳修的"人间自是有情痴，此恨不关风与月"应该比柳永的"针线闲拈伴伊坐"更有境界，而它们都比不上苏轼的"回首向来萧瑟处，归去，也无风雨也无晴"。

另外的一条理解道路是从康德和叔本华出发，因为王国维对这两位西方大哲的作品浸淫极深，他的一大划时代的工作就是拿西哲理论来分析中国文学，《红楼梦评论》就是这样的一部名作。至于《人间词话》是否也是西哲的底子，众说不一。有人以为王国维的做法不过是中学为体、西学为用，西方的一些概念只是被拿来作为一种便于说明问题的工具罢了。如果我们采信这种说法，无疑会轻松很多，因为这就意味着我们不必为了理解短短的一部《人间词话》而去硬啃康德和叔本华那些令人生畏的作品。但是，如果这种看法是错的呢？

到底谁是谁非，似乎很难论清，但反方的意见也许更有道理：《人间词话》深深扎根于康德和叔本华（尤其是叔本华）的哲学和美学理论，即便不能说它完全有着西学的底子，至少也得承认它是一部中西合璧的作品。那么，我们就不得不痛苦地承认：要想进入《人间词话》，硬着头皮走一遭康德和叔本华的荆棘路还是大有必要的。

从这条道路寻去，就会发现王的"境界"说很有可能源于叔本华的美学理论。学者们讨论王的境界说，议论万千，言人人殊，多是从《人间词话》本身或自家的美学经验出发，所以不能切中要害。在我看来，整部《人间词话》就是在用叔本华的哲学和美学体系来分析中国古典诗词，所以贯通叔本华则可以贯通《人间词话》。对王国维在开篇第一节就提纲挈领的"境界"概念，应该直接从叔本华的美学体系里寻找解释，而我以为这个解释就是叔本华的"直观"概念。

简而言之，叔本华提倡一种"直观"的审美方式——我们有好几种方式可以感受和认识这个世界。比如我们看到了两盘苹果，一盘 10 个，一盘 5 个，我们就可以从中抽象出 10 和 5 这两个数字，然后算出 10 ＋ 5 ＝ 15，我有 15 个苹果可以吃——这个简单的观察和思考过程就包括了抽象和推理这两种认知方式。但审美不能用这些，而应该用直观：你突然间看到了这些苹果，这些明媚的、娇艳的苹果。在这一刻，没有抽象，没有推理，剩下的只有一种东西：直观。

但这个直观一定是审美的直观，而不是本能的直观。也就是说，在这一刻，起作用的不是食欲，也不是利害心，你想到的不是吃掉这些苹果，也不是算计怎么拿这些苹果去卖钱，而是纯粹地陶醉于这些苹果的美丽之中。

如果还要找一种我们熟悉的东西来说明它，那就是禅宗的"棒喝"。

老师抽冷子打了学生一棒，立时要求学生作答，这其实就是让人在刹那间来不及运用理性去思考问题，从而作出非理性的、直截了当的、最"直观"的回答。

接下来，我们再把上边的比喻修改一下：那个人看到的不是苹果，而是一幅画或者一首诗，他不借助于抽象和推理，而是通过直观来感受这幅画、这首诗，这一刻他忘记了自己的存在，也就是"沉迷"其中了。这个时候，他所认识的就不再只是具体的这一幅画、一首诗，而是"理念"。

理念，这是叔本华哲学中一个专门的概念。如果我们从眼前一个具体的苹果认识到苹果的共性，这就是达到了理念。理念不是个体，而是共性，是永恒的形式——这是从柏拉图的理念观脱胎而来的。我们可以用朱熹理学的"一本万殊"观念来近似地理解它，即从现象界的"万殊"认识到理念界的"一本"，从对一个具体的苹果的"格物"达到对理念的"致知"。所不同的是，朱熹的"格物"是运用理性，叔本华则是运用直观。于是，主体（观察着苹果的这个人）与"意志"（叔本华哲学中的世界的本质）在这一刻达成了统一。

这话乍听起来好像有点儿玄，但也不是很难理解。因为王国维虽然以叔本华做底子，叔本华也有他自己的底子，那就是印度的古代哲学，而这些哲学观念在古老的《奥义书》里是讲得相当清楚的，又和中国的道家哲学很有相通之处。当然，康德也是一大源头，虽然这对我们渴望通俗化理解的人来说绝对不是一个好消息。

叔本华把"意志"作为世界的本质，这个"意志"就大约相当于《奥义书》里所谓的"梵"，那是"世界与人生的终极奥秘"，是宇宙之本、生命之本，虽然虚空却无所不在，语言无法描述，大略类似于《老子》的"道"。有人向某大师请教什么是梵，这位大师默然不答，被一再追问后这才老大不乐意地说："我其实已经告诉你了，只是你不明白罢了。默然就是梵呀。"——这是"道可道，非常道"的印度版。

《奥义书》还大讲"梵我合一"，"梵"就是"我"，"我"就是"梵"，这大概就是在打坐冥想的状态下获得的神秘体验。《奥义书》里有一则故事说：爸爸让儿子往水里撒盐，然后对儿子说："你去把水里的盐拿出来。"

儿子很听话，真在水里认真找盐，可盐一入水自然化了，找不到了。

爸爸说："盐明明撒到水里了呀，怎么会找不到呢？你从水面上舀一勺尝尝看。"

儿子照做了，说："水是咸的，盐确实就在里边。"

爸爸又说："你从水的中间部分再舀一勺尝尝看。"

儿子照做了，说："也是咸的，里边有盐。"

爸爸又说："你再从水的底部舀一勺尝尝看。"

儿子照做了，说："咸的，有盐。"

爸爸说："你在水里找不到盐的实体，但你又确实从水里感受到盐的无所不在。那神秘的本原、世界的灵魂也是这样的，真实存在着，无所不在，既是我，也是你。"（一点题外话：现代人常用这个思路来理解"天人合一"，事实上中国传统的"天人合一"观念并不是这么回事。）

如果用叔本华的语言来说，"盐放到水里"这就是所谓"直观"的认识方式，但这不是对于那个孩子来说的，而是对于盐来说的。盐假如有着和我们一样的头脑，在这一刻就应该放弃理性思维，因为只要它一思考"我怎么跑到水里来了"这种问题，它也就不再溶于水了。套用笛卡儿那句名言"我思故我在"，这个"在"是理性的"在"。人一旦运用理性去思考，就会把主体和客体对立起来，也就是把"我"和"我"所认识的外部世界对立起来，通过这种对立，"我"才确认了"我"作为认识主体的独立存在。（王国维在后文论说"有我之境"和"无我之境"，就是从这里发源而来的，我们留待后文再作详细解释。）

依靠直观而非理性，抛弃自我意识、欲望以及对利害关系的算计，完全没有功利性地、没有自我地来观察一件事物，这才可以说进入了审美阶段，这样的美才是具有共性的、适用于所有人的。这个观念的根源在康德那里，被叔本华很好地继承、发展了下来。个中关键，可以做一个不大优雅的比方：一个垃圾回收站的老板是靠回收垃圾发家致富的，当他看到垃圾的时候，自然会产生愉悦的感觉，但因为垃圾带给他的快感并非基于直观，而是基于被观察的客体（垃圾）和主观的观察者（垃圾回收站的老板）之间的利益关系，所以对其他人来讲未必适用（大多数人看到垃圾只会产生厌恶感）；而当这个垃圾回收站的老板看到春花秋月、朝霞暮雨的时候，或许也会在某一个瞬间沉迷进去，忘记了自己，却并不会计算这些景致和自己之间存在什么利益关系。在这样的时候，他就是在用直观来观察事物，由此进入了审美阶段，而他所获得的美感超越了自身，具有了普适性，对一切人都有效。在这样一个审美经历中，观察者和被观察者都要经历一个转变，观察者由认识个体转为纯粹认识主体，被观察者由个别的、具体的现象转为理念、转为永恒的形式。这句话有些枯燥和费解，用一个也许过于简单的比喻来说，那个垃圾回收站的老板在看着一朵花的时候，他自己变成了一面镜子，他眼前的"这一朵花"变成了"花"。

这时候我们不妨应用一下公孙龙"白马非马"那个著名的命题，任何一朵花都只是"那一朵花"，这世界上只有这朵花、那朵花，而不存在"花"；我们可以买到这个苹果、那个菠萝，却买不到"水果"。"花"之于这朵花、那朵花，"水果"之于这个苹果、那个菠萝，在我们一般人的想法里，这是通过归纳而来的抽象概念，而在叔本华那里却颠倒了过来，是由"花"演绎出了这朵花、那朵花，由"水果"演绎出了这个苹果、那个菠萝，其理论源头就是柏拉图的"理想型"。一个是归纳法，一个是演绎法，在我们一般人的观念里，后者在这里的应用显然是荒谬的，但这确实就是叔本华理论的核心支柱之一。

接下来，用一句最通俗的话来说，这个看上去并没有什么出众之处的观点其实颠覆了我们绝大多数人的一个最朴素的美学认识：它意味着"各花入各眼"、"萝卜、白菜，各有所爱"这些古老的格言全是错的。它们之所以是错的，是因为它们所强调的是审美的主观性。而叔本华说过，主观性是属于平庸之辈的，所有富有创造性的天才都是客观的。（在康德的美学理论里，这些古老格言所表达的属于"感官的鉴赏"，仅在感官享受的层面，没有普遍标准，而审美属于"反思的鉴赏"，具有普遍标准。）

好比有一个大石球，怎么看怎么都是球形的，这就是它的客观性。我们这些平庸之辈每个人都戴着凸凹不同的眼镜，每一副眼镜就是我们每个人的主观性，每个人都通过自己的眼镜来观察这个石球，有人说它方，有人说它扁，这就是"各花入各眼""萝卜、白菜，各有所爱"。而天才是不戴眼镜的，用王国维的话说就是"不隔"，直截了当地看到了这个大石球，直截了当地看到了它那赤裸裸的、无遮无掩的、展示在所有人面前的球形。这个球形，就是叔本华所谓的本质、理念、永恒的形式，艺术就是用来表达这些东西的。如果把那些凸凹不平的眼镜称为"摩耶之幕"，把石球称做"梵"，那么破除"摩耶之幕"而达到"梵"就是所谓的"涅槃"。

但是，如果我们仍然坚信"各花入各眼"、"萝卜、白菜，各有所爱"这些古老的格言才是放之四海而皆准的真理，真是很可谅解的，因为我们都是平庸之辈，至少在康德和叔本华面前。

但至少可以让我们略感欣慰的是，即便是叔本华，在他的大半生里都被他的同时代人视为平庸之辈。叔本华生活在理性主义的巅峰时代，被他视为大对头的黑格尔正是为理性主义之塔盖上塔尖的一代宗师。叔本华教学生涯中最惨淡的一幕就是他特意把自己的哲学课安排在黑格尔课程表上的同一时间，结果黑格尔那里人满为患，叔本华这边却只有一两个学生。如果时人对叔本华能有一点钦佩之情的话，那一定是钦佩他的自信。

当然，作为一位致力于贬低理性的哲学家，叔本华至少在理性上应该知道：讲课是否受欢迎，这主要取决于讲授的水平，而不取决于学问的优劣。而另一方面，叔本华与其说输给了黑格尔其人，不如说输给了时代。

逆时代潮流而动的人从来不会有什么好下场。欧洲自文艺复兴以来，思想界不断发生着天翻地覆的革命，黑格尔正顺着理性主义的大潮走到浪尖，而崇尚直观、贬低理性的叔本华自然只能被打入谷底。只有当潮水退去、所有人都赤身裸体地站在海滩上的时候，我们才有可能比较清晰地分辨这两位哲学巨匠真实的高矮胖瘦。

需要强调的是，叔本华并不是一个反智主义者，他并不反对理性。相反，他很中肯地承认理性的伟大意义，认为理性才是人之所以区别于动物的标志。他反对的是理性至上的观点，他的意见可以通俗地表达为：没有理性是万万不能的，但理性不是万能的，并且低于直观。

为什么说理性低于直观，或直观高于理性呢？因为直观是一切知识的根源，是理性的全部内容的根源，"是一切真理之源泉，是一切科学之基础"，理性只不过是对直观的整理和反思。这就意味着，通过理性来认识事物其实就是先由直观来认识事物，再由理性来认识这个直观，那么理性与它的认识对象之间就隔着一个叫做"直观"的东西。这就好像我们通过一张故宫的照片来认识故宫一样。这对我们是很重要的知识，因为王国维在后文讲到他的著名的美学概念"隔"与"不隔"就是直接来自于叔本华这里的。

任何忠于直观的事物，比如艺术品，是绝对不会出错的，因为它只是呈现出事物的本身，并不表达任何意见，但基于直观之上的理性却大有犯错的可能。这就好像故宫的照片是不会错的，但当你根据这张照片写下一份《故宫导游手册》的时候，这个手册是很可能会出错的。（在此我必须作个声明：我无法用一个例子照顾到叔本华美学体系的方方面面，所以对每一个例子，请大家只去思考我要通过这个例子来表述的具体问题，比如对小猫钓鱼的故事，我们只要关注它所说明的"不能三天打鱼、两天晒网"的问题，别去深究小猫究竟会不会钓鱼。同样，我举故宫照片的例子是为了说明直观与理性的关系，并不意味着拍照就是一种直观的观察方法。）

再举个大家熟悉的例子。《红楼梦》本身是一部文学作品，是一件艺术品，呈现出来的是作为"事物本身"的大观园的内外风情。在这个层面上，它并没有表达出任何意见，而当读者以各自的理性去认识这部作品时，就发生了鲁迅所说的情况：经学家看见《易》，道学家看见淫，才子看见缠绵，革命家看见排满，流言家看见宫闱秘事。前者是直观的，是不会错的；后者是理性的，是会错的。

我们再从反面来看——要清楚地认识一个东西，仅仅看它主张什么往往不容易看清，更应该看的是它反对什么。叔本华的这种美学观念所反对的是什么呢？在当时，他反对的是理性至上的观念；拿到现在来看，反对的就是流行于现代文艺创作中的"观念先行"的主张。

直观的艺术是一种纯粹的呈现，并不借助于理性，"观念先行"则意味着创作者首先要以理性设定出一个观念，然后通过小说、绘画、电影等等文艺形式来阐释这个观念。在我们熟悉的作品中，萨特的小说和戏剧就是最典型的观念先行的例子，所有的情节设计都是为了说明一个存在主义的哲学主题。以叔本华的标准来看，这样的作品显然算不上艺术——我们应该也可以把这个说法表达为"这样的作品没有以'直观'营造出一个独立的艺术空间"。于是，一个大弯子终于绕回了起点：这样的作品就是没有"境界"的作品。

以上通过对叔本华美学观念的一点解说，部分地表明了王国维《人间词话》的理论根源。虽然仍然不能很有把握地对王的"境界"下一个确切的定义，但如果硬要我下一个定义的话，我会把它定义为"以直观营造出的独立的艺术空间"。下面我们将会发现，把这个定义应用于《人间词话》全篇，基本上是毫无滞碍、畅通无阻的。

至此反观王国维在本节的议论："词以境界为最上。有境界则自成高格，自有名句。五代、北宋之词所以独绝者在此。"的确，五代、北宋的词作确实以直观见长，而到南宋以后，词的理性化倾向就越来越重了。但是，"有境界则自成高格，自有名句"这一句在表达方式上不够严谨，应该说境界是高格和名句的必要条件，而非充要条件。也就是说，倘若没有境界，则不可能有高格和名句，但有了境界也并不一定就有高格和名句。

"境界"这个词常常会被人们误解，非但普通读者误解，专业人士也多有误解。前辈学者阐述王国维之"境界"，主要说法一是"真情实感"，二是"情景交融"，都没能触及本质。个中原因，除了上文讲到的忽视了从王的西学渊源入手之外，另一个重要原因是"境界"实在是一个常用词，而它在日常语境里的含义和在王国维美学理论里的含义截然不同。这正是读书应该留意的地方，有些词一看就知道是专业名词，即便不懂也知道该到哪里去查，但有些专业名词披着日常词汇的外衣，常常会迷惑读者。比如有一本书叫做《Plant Tissue Culture》，三个词都很普通，翻译过来是"植物手纸文化"，但这其实是一本生物学的专业书，正确的译名是《植物组织培养》。

"境界"就是这样一个词，我们说一个人很有境界，是说他的精神修养到达了一定高度，但在《人间词话》的范畴里，这个解释就行不通了。那么王国维为什么会用这样一个容易引起误解的词汇来作为他的美学理论的首要概念呢？原因应该是这样的：我们所理解的表达精神修养的这个意思其实是相当晚才出现的，在王国维以前，"境界"一词并不存在这个义项。古人说到"境界"，有表示疆界的，有表示处境的，但我翻了大量古籍，也没看到"境界"有表示精神修养的用法。虽然我不敢断言必无，但可以说即便存在这样的用法，应该也是极个别的例子。

而从叔本华的美学体系来看，"境界"不但不会和人的精神修养有关，甚至是与此相反的，因为人在以"直观"观察事物的时候，处于一种沉迷的状态，完全忘记了自己的存在。在这样的境况里，人格自然是完全消失了的。没有了人格，自然也就不存在什么精神修养了。我们习以为常的看法是：一个有更高的人格修养的人所创造出来的艺术作品应该也是"境界更高"的，这或许是一种不错的说法，但不属于王国维的"境界"说，也不属于叔本华。

所以，"有境界则自成高格"，这个"高格"是美的高格，而不是人格的高格。中国素来有以人论文的传统，认为一个人的人品若不足观，作品也不足观。这或许也是一种不错的说法，但也是属于另一个范畴的事了。

至于"自有名句"，这话可要两说。在美学上，对于"名句"问题素来有两种主要的观点：一是如王国维这般，强调诗歌需要塑造名句；二是强调一件作品是浑然一体的，任何一个局部的过分突出都会成为整体作品的缺陷——也就是说，局部的胜利就是整体的失败。

在第二种意见上，最著名的就是罗丹的一个例子。有一次他在做一个人体雕塑，学生赞叹道："手部实在雕得太好了，无与伦比！"罗丹看了看被学生夸奖的雕像的手部，做出了一个令人大跌眼镜的反应：他拿起锤子，一下子把雕像的手部砸毁了。

这两种意见孰是孰非，各人自作判断。但即便承认诗歌须要名句，也要小心一个很多人都容易掉进去的陷阱：诗艺上的名句不等于格言警句。

我在讲纳兰词的时候谈到过这个问题（需要声明的是，我是罗丹一派的）：对于诗词中的名句，一般人都有一个误解，认为诗词要有格言警句为最好。事实上，诗艺层面上的名句和格言警句是不一样的。我们可以说一首诗里的格言警句鼓舞人心、激扬斗志，如何如何的好，但这种好只是格言意义上的好，绝不是诗艺的好。诗艺要求流畅自如，单独的句子如果太突出、太直白，这是会毁掉全篇的，也会打消掉诗歌的余韵与歧义空间。诗人们对此也有一个漫长的认识过程，从古典诗歌到现代诗歌都是这样。莎士比亚把十四行诗从彼特拉克体4433的格式变成了4442，使最后一个诗节变成了两句——目的很简单，就是要营造警句出来。这是当时的一个革命，但这个手法很快就从主流的诗歌语言里淡化下去了。再如大家熟悉的"卑鄙是卑鄙者的通行证，高尚是高尚者的墓志铭"，作为格言，这两句话非常精彩，但从诗艺层面讲，这两句却是败笔。如果以王国维"境界"的标准来看，这两句显然全是诗人经由理性反思而作出的抽象归纳，也就是说，诗人运用到了推理和抽象这两种认识世界的方式，却没有用到直观，自然就是"没有境界"的。

王国维在这一节的最后，以五代和北宋的词作水平为自己的境界说提出佐证："五代、北宋之词所以独绝者在此。"这就意味着，在词的全部历史上，王国维把五代和北宋的作品标举为最高水平。这似乎是个有违常识的结论，但当我们读完整部《人间词话》，就会知道遵循着王的美学理念，得出这个结论是不足为怪的。这就意味着：第一，如果这个结论颇成问题，就说明王国维的词学理论存在问题；第二，如果遵循另外的美学体系，我们便不必把这个"一家之言"过于当真。王国维在后文还会作出详细的阐释，我们也把问题留到后面好了。

附记：康德讲审美的非功利性，后来成为共识，但这只是第二义，没有触及到本质。功利性应该被分为两种：理性的非功利性（即康德所谓的）和非理性的非功利性。人是逃不脱功利性的，只不过有些功利性不属于理性范畴而已。康德和叔本华的时代还没有"进化心理学"这门学问，所以现在我们可以站在更高的学术积累上说：人看一朵花会觉得愉快，苍蝇却不会有这种感觉，这是千百万年来生命不断演化、塑造而成的。如果哪一天，人类以"理性的非功利性"的眼光欣赏垃圾而感到愉快，那才是真正的非功利性。

二

有造境，有写境，此理想与写实二派之所由分。然二者颇难分别。因大诗人所造之境，必合乎自然，所写之境，必邻于理想故也。

这一节看上去并不很难理解。"造境"的词人是"理想派"，"写境"的词人是"写实派"，但写实不可能完全脱离理想，理想也不可能完全脱离现实。研究者们一般认为，这一节是最早把"写实"和"理想"这两个文学流派的划分从西方引入中国的，我们现在习惯性地把文艺作品分为浪漫主义和现实主义两大流派，源头就在这里。

我们会用浪漫主义和现实主义这两个标签定义古往今来的文学家们，比如李白是伟大的浪漫主义诗人，杜甫则是伟大的现实主义诗人，这已经不用再作任何解释了。但是，再怎么浪漫也不可能完全脱离现实。李白写"飞流直下三千尺"，再大的想象力也不可能变"直下"为"直上"；写"白发三千丈"，再大的想象力也不可能变"白发"为"绿发"。这就像好莱坞拍电影，一会儿地球毁灭，一会儿星际大战，全是不靠谱的主题。但是，人性还是固有的人性，斗争也还是固有的斗争，把"帮助小猫的孩子的故事"换一个场景、换一套包装，就可以改编成"拯救地球的超人的故事"。

这问题如果放到哲学范畴里来看，根源是在休谟那里：我们的想象力不可能达到我们的经验以外。我们没见过六翼天使，那么六翼天使的形象是怎么来的呢，是用人的身体嫁接上鸟的翅膀组成的；我们没见过蓝色的猫，那么蓝色的猫的形象是怎么来的呢，是用蓝色这种颜色染到猫的形体上而成的。我们所有能想象到的东西，分解下来都不会超出我们所经验过的东西。

浪漫主义不可能完全脱离现实。同样，现实主义也不可能完全脱离理想而做到所谓的"客观再现"，因为再客观的观察和描写也是人作出的，只要是人作的，就脱离不了主观性。拍一张照片算不算客观再现呢？也不能算，因为你为什么拍这里而不拍那里，为什么这个时间拍而不是那个时间拍，这都是主观的。人的一切观察、一切叙述，都脱离不了主观性。这问题如果放到哲学范畴里来看，就是唯心主义哲学家贝克莱所谓的"存在就是被感知"。（叔本华认为这是一个来自古代印度的真理，在欧洲被贝克莱重新发现。）

试想我们要拍一部新闻纪录片，我们的目标是：客观、真实。但是，纪录片不可能保留这个新闻事件的所有素材，必须对素材有所取舍，这个时候，不同人的不同取舍就会给这部片子带来完全不同的个人色彩。那么，这部片子还称得上客观、真实吗？史书的编纂也是一样的道理，选择就是判断，而判断自然就是主观的。

这是一个顺理成章、合情合理的解释，但是，这就准确表达了王国维的意见了吗？不一定。因为这一节的内容在王国维那里存在两个理论渊源，一是席勒的文学观，二是叔本华的美学体系，两者存在着很大的冲突。而在这两大渊源里边，王国维的意思也并不十分明朗，这就让我们很难对这一节的内容作出准确的解释。

沿着叔本华来理解王所谓的"造境"，"所写之境，必邻于理想"的这个"理想"并不是我们日常语言里的"理想"，而是一个专门的美学概念："美的预期。"上一节我们讲过，叔本华的哲学部分地脱胎于柏拉图，这个"美的预期"就是一例，这就是上一节我讲过的事物的理想型、永恒的形式。打一个简单的比喻：在我们的现实世界中是不存在一个标准的正圆的，任何一个圆形或多或少都有缺陷，但我们在画圆的时候，总是会依据我们心目中的那个"标准的正圆"来下笔，这个"标准的正圆"也就是圆的理想型或永恒的形式。

在柏拉图和叔本华的哲学里，现实世界中的任何一个不完美的圆形物体都是那个完美的"标准的正圆"的模仿之物，而这个"标准的正圆"也就是我们在画圆的时候心中的一个"预期"。同样，美在柏拉图和叔本华那里也是一种先验的存在，是一种不受时间、空间和因果律制约的"形式"。我们在某个事物上感受到美，其实就是感受到了潜藏在这个事物中的美的"形式"。所以美是客观的，不存在"各花入各眼"的问题。这个美的"形式"，就是艺术创作者心中的"美的预期"。于是，大诗人"所写之境，必邻于理想"，也就意味着大诗人在进行写实性创作的时候，会接近这个"美的预期"。简单来讲，大诗人在画一个圆的时候，他画的这个圆会接近于那个不存在于现实世界的、不受时空和因果律限制的永恒的形式，即"标准的正圆"。

我再用中国传统哲学的语言来解释一下，大家可能就更容易明白了。有一个著名的故事，说王阳明学习程朱理学，按照朱熹"格物致知"的方法去"格"竹子，对着竹子一连几天几夜，也没"格"出个所以然来，才觉得这不是个办法，从此另辟蹊径，成为一代心学大师。其实，王阳明之所以"格"竹子失败，是因为他没弄清"格物致知"的方法，如果他读过叔本华，可能"格"竹子就有机会"格"出成果来了。

"格物致知"，对着一根竹子该怎么做呢？说简单也简单，从这一根竹子的特性上领会所有竹子的共性，从共性里发现那个作为现实世界中所有竹子的模板的"标准的竹子"，从这根"标准的竹子"来体认终极的"天理"。

无论时间、空间怎么变，这根"标准的竹子"永远不变；无论世间万物怎么纷纭复杂，也影响不到这根"标准的竹子"。用叔本华的话说就是这根"标准的竹子"超越了根据律，是竹子的"永恒的形式"。观察者进入"直观"状态，自失于被观察的对象，就会达到这个"永恒的形式"，体认世界的本质。叔本华认为，艺术的意义就是穿透摩耶之幕，直达世界的本质。

如果从席勒的渊源来看，事情又不一样。席勒有一篇《论素朴的诗和感伤的诗》，对西方文艺理论影响极大，奠定了现实主义与浪漫主义之分的整套的话语体系。席勒把诗歌分为两类：素朴的和感伤的。所谓素朴的诗，当人与自然和谐相处时，人们写诗只是朴素地摹写自然，并没有怎么把自己的情感掺杂在里边；而感伤的诗，人与自然已经不能和谐共处了，人也就失去了天真的特质，会烦恼、会忧郁，写出来的诗也不再是单纯地摹写自然，而是表达自己的烦恼、忧郁、个性和向往。"他们要么自己会成为自然，要么会去寻觅已失去的自然，从中产生出两个迥异的诗作方式……所有真正的诗人……将会要么属于素朴派，要么属于感伤派。"

席勒看待同时代的诗人，认为歌德是素朴派的，自己是感伤派的，歌德的特点是"直觉"，自己的特点是"推想"。他在一封给歌德的信里这样说过："您那观察的目光，它那样平静、纯洁地落在客观事物的上面，使您永远也不会有堕入歧途的危险。而不论抽象推论，还是随意的、只听从主观意志的想象力，却都很容易误入歧途。"这番话很容易让我们想起叔本华来，这并不奇怪，尽管在对待文艺创作中的写实与理想的问题上他们看法各异，却都有着一个共同的思想渊源，那就是康德，而他们又共同构成了王国维的理论渊源。

三

　　有有我之境，有无我之境。"泪眼问花花不语，乱红飞过秋千去"，"可堪孤馆闭春寒，杜鹃声里斜阳暮"，有我之境也。"采菊东篱下，悠然见南山"、"寒波澹澹起，白鸟悠悠下"，无我之境也。有我之境，以我观物，故物皆著我之色彩。无我之境，以物观物，故不知何者为我，何者为物。古人为词，写有我之境者为多，然未始不能写无我之境，此在豪杰之士能自树立耳。

　　王国维在《人间词话》的一开始，就不断抛出成对的美学概念，前两节出现的是：有境界—无境界，写境—造境，理想—写实。这一节出现的是：有我之境—无我之境，以我观物—以物观物。看上去全是简单的词汇，实则意思复杂得很，争议也大得很。

　　什么是"有我之境"和"无我之境"，王国维先没作解释，只是举了几个例子，说"泪眼问花花不语，乱红飞过秋千去""可堪孤馆闭春寒，杜鹃声里斜阳暮"，这就是"有我之境"；"采菊东篱下，悠然见南山""寒波澹澹起，白鸟悠悠下"，这就是"无我之境"。仔细比较这四组诗句，明显可以分别出来的是："有我之境"的那两组表达的是忧伤痛苦的情绪，"无我之境"的那两组则表达了悠然闲适的情绪。问题出现了：无论是忧伤痛苦还是悠然闲适，都是人的情绪，为什么前者就是"有我之境"，后者就是"无我之境"呢？

"有我之境"还算容易理解：我今天很高兴，于是看花花在跳舞，看鸟鸟在唱歌；如果今天我很苦闷，于是看花花在溅泪，看鸟鸟在啼血，这就是现代美学所谓的移情作用。但"无我之境"相当费解，有人这样解释说："无我之境，则是只有意境而无情绪，'我'已消弭在这茫茫天地之间，物我一体，有境而无我。"听上去很有道理，但我们再来仔细看看"无我之境"的两组例子："采菊东篱下，悠然见南山"，这里边真的没有"我"吗？如果没有的话，是谁在"采菊"、谁在"见南山"、谁在感觉"悠然"呢？难道"悠然"不是情绪吗？"寒波澹澹起，白鸟悠悠下"，字面上倒确实没有"我"在，只是单纯地写境罢了，但是，"澹澹"和"悠悠"毕竟不是"寒波"和"白鸟"本身具有的特质，而是观察者自我情绪的投射。真要达到"无我之境"，至少也该说成"寒波起，白鸟下"吧？

要解答这个问题，也许还得从西方古典美学体系入手。叶嘉莹从叔本华"优美"和"崇高"的理论来解释王国维的"有我之境"和"无我之境"，认为在"有我之境"中，人和外物存在利害关系，"无我之境"则相反。这个解释确实基于康德和叔本华对审美的非功利性的说法，但是，当我们以此来检验王国维给出的那四组例句的时候，疑惑依然无法冰释。比如，"泪眼问花"的时候，"花"和"我"到底有什么利害关系呢？这明明是应该用移情作用来解释的问题，为什么要扯到审美的非功利特点上呢？再者，在康德和叔本华的美学体系里，审美必然具有非功利的特点，用我前边举过的例子来说，垃圾回收站的老板看到垃圾而产生愉快的感觉，这并不是一种审美经验，因为他的愉快的感觉是基于垃圾会让他赚钱这种利害关系。换句话说，基于利害关系的经验绝不是审美经验。那么，如果"有我之境"是人和外物存在利害关系的一种情况，就无法进入美学范畴。如果王国维把"有我之境"和"无我之境"作为一组成对的美学概念，则"有我之境"不可能来自康德和叔本华的美学体系。

我们看看王国维自己的解释:"有我之境,以我观物,故物皆著我之色彩。无我之境,以物观物,故不知何者为我,何者为物。"这个解释似乎为先前的疑问又增加了一层迷雾。以王的看法,区别"有我之境"与"无我之境"的标准是:前者"以我观物",后者"以物观物",这到底是什么意思呢?

这一对名词,来自宋代学者邵康节的名著《皇极经世》。邵康节和诸葛亮、刘伯温的遭遇很相似,都被老百姓捧为半仙,被摆摊算卦的江湖术士尊为祖师爷,一部《皇极经世》更因为在《了凡四训》里的神奇出场而被多少人当做了算命大全。这里提到邵康节和《皇极经世》,其书其人大家或多或少应该都有所了解,所以要注意先把历史形象和民俗形象加以区别。

邵康节在《皇极经世·观物外篇》里提出了一个认识论:认识事物应当"以物观物",这才可以客观、公正,不能"以我观物",否则就会受到主观偏见的蒙蔽和误导。镜子和水可以毫无偏见地反映外部世界,但只能反映出表面的东西。圣人则高出一筹,不但可以毫无偏见地认识外部世界,更可以透过表面现象看到隐藏的本质,这就叫做"反观"。

"反观"是邵康节在认识论上提出的一个著名概念,这个"反"大约有镜子和水毫无偏见地"反映"外部世界的意思,绝不同于我们日常用语中的"反观"。用邵康节自己的话来解释,就是"以物观物",不"以我观物",也就是抛开主观成见,观察事物的本来面目。在邵康节著作中的上下文里,这一对概念很清楚,简单来说:"以我观物"就是以主观之眼观物,"以物观物"就是以客观之眼观物,并不只用眼,还要用"心"、用"理"。

到了这里我们才会发现,这个"主观之眼"和"客观之眼"就是王国维融汇中国传统认知论和西方古典美学的一个接合点。就是在这个接合点上,王对中、西方两套理论渊源各有取舍,形成自己的一家之言。

至此我们可以进行推论:"有我之境"和"无我之境"就是主观化与客观化这两种不同的写作方式。那么,"有我之境,以我观物,故物皆著我之色彩",在主观化的写作方式里,人是戴着有色眼镜来看待外部世界的,最显而易见的特征就是移情作用;"无我之境,以物观物,故不知何者为我，何者为物"，在客观化的写作方式中，人对其所观察的外物进入了一种沉迷的状态，自失于审美对象当中，进入了叔本华所谓的"直观"。这个时候，这个人便由一个意志主体转变为一个纯粹认识主体（这句话可能会让很多读者头痛，所以有必要再给出一个也许不够精确但十分通俗的说法：这个人便由一个被七情六欲操纵的人转变为一个无欲无求的、丢了魂的人）。

"直观"所认识的，并不是具体的某个被观察的对象，而是这个被观察对象背后的"理念"，我们可以近似地理解为：通过对一个圆圈的直观，观察到那个绝不存在于现实世界中的"标准的正圆"。或者说，一个画家在画一个圆圈的时候，这个圆圈并不基于他在现实生活中的任何经验，而是基于那个先验的"标准的正圆"——这样的观点确实有违常理，所以理解起来会稍微费一点力气。在我们的传统里，艺术家的创作是基于生活、临摹自然，而在西方还存在着一个与之对立的传统，即自然当中的事物都是有缺陷的，艺术家所表现的是一种完美的、先验的"美的预想"（前文讲"理想派"的时候介绍过这个概念）、"美的理念"，生活经历对于艺术家而言不过是一种无足轻重的补充。莎士比亚就是一个很能说明问题的例子，在我们看来，莎翁之所以创作出那么多经典的戏剧，塑造了那么多各异的人物，自然是他深深扎根于生活的结果。但叔本华认为莎翁的成就来源于他具有普通人大多没有的"人性的预期"，即他可以迅速而准确地把握这种或那种性格的"理念"。基于这样一种观点，采风对于艺术家来说显然就不再必要了。

于是，艺术创作绝不是表达个人感受，也不是表达艺术家自身的喜怒哀乐，而是通过艺术创作、通过审美，来认识那个先验的、作为世界本质的"美的预期"或"美的理念"。所以叔本华说，审美是一种认知活动。到这里我们才会明白，为什么王国维会把邵康节的认识论和叔本华的美学捏合到一起（这在我们的传统里是八竿子打不着的两个范畴）。因为在叔本华那里，审美也是一种认知活动，而且比科学、理性更高级。

基于这样的认识，叔本华对主观性（有我之境）是相当排斥的。他把文学体裁作了一个由低到高的排序，位于序列最底端的就是抒情诗，因为抒情诗的主观性最强，位于最高端的是戏剧，因为他认为戏剧完全摆脱了主观性。而王国维在提出"有我之境"和"无我之境"的时候，基本上是站在抒情诗（词）这一体裁的内部来说的，那么，王国维的"无我之境"是否在审美层次上也大大高于"有我之境"呢？

这是非常令人费解的问题。在《人间词话》这一节的最后，王国维写道："古人为词，写有我之境者为多，然未始不能写无我之境，此在豪杰之士能自树立耳。"词人大多都摆脱不了主观性，所以写"有我之境"的为多，只有少数"豪杰之士"可以写"无我之境"。这样看来，王是认为"无我之境"高于"有我之境"的。

但是，在《人间词话》第十七节，王国维又说："客观之诗人，不可不多阅世。阅世愈深，则材料愈丰富，愈变化，《水浒》、《红楼梦》之作者是也。主观之诗人，不必多阅世。阅世愈浅，则性情愈真，李后主是也。"这一节恰好可以与本节参照，本节并置"无我之境"和"有我之境"，第十七节则并置"客观之诗人"和"主观之诗人"。从本节来看，属于客观性的"无我之境"较之属于主观性的"有我之境"在审美层次上为高，而从第十七节来看，"客观之诗人"和"主观之诗人"处于同等的高度，况且"主观之诗人"的代表人物李后主恰是王国维最推崇的诗人。这是《人间词话》在理论体系里不能自洽的一处地方，有研究者试图作出弥合，但我至今也没见过有足够说服力的论证。

接下来讲一讲王国维在这一节里所引述的那四组诗句。

1. 泪眼问花花不语，乱红飞过秋千去。

这两句出自欧阳修的《蝶恋花》（一说是冯延巳所作。持前论的一般依据李清照的一段词序："欧阳公作《蝶恋花》，有'深深深几许'之句，予酷爱之。"持后论的则依据崔公度对冯延巳词集《阳春集》的跋语，称是冯延巳亲笔所书。现在主流意见是把它定为冯延巳的作品，唐圭璋主编的《全宋词》便不录这首词）：

庭院深深深几许？杨柳堆烟，帘幕无重数。玉勒雕鞍游冶处，楼高不见章台路。

雨横风狂三月暮，门掩黄昏，无计留春住。泪眼问花花不语，乱红飞过秋千去。

这首词是闺怨主题。"庭院深深深几许？杨柳堆烟，帘幕无重数。"层层递进来写庭院之深，暗示出住在这座庭院中的女子的孤独。女子为什么孤独，下文给出答案："玉勒雕鞍游冶处，楼高不见章台路。"丈夫又去红灯区寻欢作乐了，自己登楼远眺，却望不到丈夫的所在。

下片"雨横风狂三月暮，门掩黄昏，无计留春住"，表面是写春天就要过去了，想要留住春天却留不得；暗示的是那女子的美好年华在岁月的摧残中渐渐枯萎，想要留住青春，留住过去的美好生活，却无计可施；进一步的言外之意是：自己也曾年轻漂亮过，和丈夫也曾恩爱过，如今这一切都不复存在了。

结尾"泪眼问花花不语，乱红飞过秋千去"，"问花"更加凸显了孤独，因为无人可问，只有问花；问花却得不到花儿的回答，花儿乱飞到远处，对自己不理不睬，而自己美好的年华不也像那花儿一样随风而去了嘛！

2. 可堪孤馆闭春寒，杜鹃声里斜阳暮。
这两句出自秦观的《踏莎行·郴州旅舍》：

雾失楼台，月迷津渡。桃源望断无寻处。可堪孤馆闭春寒，杜鹃声里斜阳暮。

驿寄梅花，鱼传尺素。砌成此恨无重数。郴江幸自绕郴山，为谁流下潇湘去？

秦观这首《踏莎行》是名篇中的名篇，但要弄清到底是什么意思，却有好几种解读的途径，写作背景也相当复杂，不是简单可以讲清的。实在要简要来说，先进入第一条解读路径：这或许是一首自怜身世、又关乎爱情的小词。一说有一名南方歌伎爱极了秦观的词，在秦观南贬的时候终于有机会见到偶像，誓要以终身托付。秦观虽然大受感动，但考虑到自己正是犯官之身，又值政坛风声鹤唳之际，不能再惹是非，便以这首《踏莎行》相赠，自己则孤身前往贬所。没过多久，秦观去世，灵枢还在路上的时候，那位歌伎忽于梦中有感，醒来后便前往拜祭，回来后便自缢而死了。

上片的末两句"可堪孤馆闭春寒，杜鹃声里斜阳暮"加重了"雾失楼台，月迷津渡。桃源望断无寻处"的那种迷茫而伤感的情绪。孤馆，即孤单的驿舍。驿舍是不会孤单的，说它孤单，是因为驿舍里的人孤单；杜鹃，是诗词中常有的意象，这种鸟儿传说是古蜀国亡国之君杜宇所化，啼声悲切，让人不忍卒听，尤其是，杜鹃的啼声很像是"不如归去"。因此，诗词中凡是涉及"归去"的意思，总难免以杜鹃的啼声来衬托，比如秦观另一首词里便有"杏园憔悴杜鹃啼，无奈春归"。杜鹃已啼，斜阳已暮，时光欲挽而不可留，谪人欲归而归不得。

我们再来进入第二条解读路径：这首词，是秦观向朋友表达心迹之作。秦观本来和苏轼关系极好，是所谓"苏门四学士"之一。但是，秦观在一次颇为尴尬的事件中给了苏氏兄弟以政治上的牵累，苏轼虽然不说什么，但两人的关系开始变得微妙起来。其他的朋友也多站在苏轼一边，对秦观颇有微词。如在黄庭坚与秦观的通信中，敏感的秦观显然觉察到了这种尴尬的局面。秦观也是有苦说不出，虽然是无心之失，但错得实在太愚蠢了！于是，朋友间的通信，一封封叠加着怨气，所谓"驿寄梅花，鱼传尺素，砌成此恨无重数"便是指此而言的。"郴江幸自绕郴山，为谁流下潇湘去？"这两句在写作手法上叫做"以景结情"，好处就是言尽而意不尽，但因为"意不尽"，也就很难考实了，只能各有各的理解。如程怡先生经过一番考证说："很可能是向朋友表示：尽管我被看做是苏轼的朋党而流放潇湘，但我觉得，就像郴江本来就绕着郴山一样，我之所以会成为苏轼的朋党，全然是因为我不可移易的天性。"

这首《踏莎行》，情绪上是悲怆而近乎绝望的。王国维说秦观的词风是凄婉，而至"可堪孤馆闭春寒，杜鹃声里斜阳暮"则一变而为凄厉。叶嘉莹先生也说这是秦观所有词作里最悲哀的一首，而这样的悲哀在很大程度上是性格使然：与苏轼、黄庭坚相比，秦观"是三人中年岁最小的一个，可是，却是死去最早的一个，因为他经不住挫伤，经不住打击"。

3.采菊东篱下，悠然见南山。

这两句出自陶渊明《饮酒》组诗的第五首：

> 结庐在人境，而无车马喧。
> 问君何能尔，心远地自偏。
> 采菊东篱下，悠然见南山。
> 山气日夕佳，飞鸟相与还。
> 此中有真意，欲辨已忘言。

这首诗太著名了，所以大家很容易就会"睫在眼前长不见"，其实它对于一个传统的诗歌观点很有些颠覆性。只要对古典文学稍有了解的人，都知道唐诗重"情趣"，宋诗重"理趣"，很多人都主张"诗必盛唐"，反对以理入诗，而陶渊明这首诗恰恰是"理趣"的典范，而且还在唐朝之前。

"结庐在人境，而无车马喧。问君何能尔，心远地自偏。"这几句的意思是：不是避居乡野，而是就在人群里定居，却能安享乡野隐居之乐，没有车马的喧哗。为什么能这样呢，因为心是乡野之心，住所自然也就成为乡野之地了。我们要注意的是，这不是在抒情，而是在阐释一个哲理，而这个哲理就是魏晋玄学流行时代里的"小隐隐陵薮，大隐隐朝市"。现在房地产开发商宣传楼盘概念的时候爱讲的"闹中取静"，思想的源头就在这里。

"采菊东篱下，悠然见南山"，这是陶诗最有名的一句诗。一般人不知道"采菊"是做什么，以为就是单纯的闲情野趣，其实陶渊明很有可能是要吃菊花进补（也许真的管用，直到晚清，慈禧吃的滋补膏方里还有一味是用菊花为主要材料的）。魏晋时期人们流行炼丹进补，像狂士阮籍等人经常要吃五石散。《世说新语》说他胸中有"块垒"，所以需要用酒来浇，人们把"块垒"引申为郁闷之情、不平之气，其实在本义上那是指五石散吃多了消化不良。

"悠然见南山"，还有版本写做"悠然望南山"，一字之差，天渊之别。如果用"望"字，就是说采菊和看山都是诗人的主观意愿，便落入

"有我之境"；而用"见"字，就意味着诗人本来只是采菊，不经意间一抬头，悠然看见了南山。高下之别，就在这一个字上。"南山"就是庐山，古来就是好风景的。

"山气日夕佳，飞鸟相与还。此中有真意，欲辨已忘言。"这几句是"理趣"的典范。"山气日夕佳，飞鸟相与还"是紧承着"悠然望南山"而来的。诗人在采菊的空当里不经意间看到南山的风景，有山气，有飞鸟，心中似有所悟，却只是会之于心，无法言说。这用玄学的话来说，就是天真忘机、物我一如，达到了修为上的至高境界。

回头来看，"采菊东篱下"，诗人是要采菊花进补，这是出于叔本华所谓的生命意志的（我们可以简单理解为欲望）驱动，而且是理性的。而"悠然见南山"，一个不经意的动作，诗人顿时与风景相对，在这一刻进入了忘我的状态。南山对于诗人来讲既不具有功利性，也不是理性的观察对象，诗人以"直观"的方式，透过南山这个具体的审美对象达到了它背后的"理念"，于是形成了一个"无我之境"。

4. 寒波澹澹起，白鸟悠悠下。
这两句出自元好问的《颖亭留别》：

故人重分携，临流驻归驾。
乾坤展清眺，万景若相借。
北风三日雪，太素秉元化。
九山郁峥嵘，了不受陵跨。
寒波澹澹起，白鸟悠悠下。
怀归人自急，物态本闲暇。
壶觞负吟啸，尘土足悲咤。
回首亭中人，平林澹如画。

诗题《颖亭留别》，颖亭在河南登封，颖水上游。元好问写这首诗的时候，正处在仕途生涯的一个转捩点上。本来考中了博学鸿词科，又交游师友，正该有番作为，但史馆编修的工作并不让他称心，于是辞官返回登封。在金哀宗正大二年（1225年），元好问由登封赴昆阳、阳翟，朋友们在颍亭为他送行。文人聚会免不了作诗，大家抽签派韵脚，各依抽到的韵脚作诗，元好问抽到"画"韵，就写了这首《颍亭留别》。

诗的大意是说：大家都很重情谊，临别了在颍水边上盘桓一下。放眼望去，天地远大，万物相依，北风吹雪，造化天然。群山巍峨，水波澹澹，白色的水鸟悠然而下。人正急着踏上归途，万物却依然闲适。举杯对饮，不复吟啸之心，而路上的尘土、世间的琐事，无不消磨岁月，令人伤悲。回顾颍亭中送别的友人，只见一片平林，恬淡如画。这首诗看似大片笔墨都在写境，其实那都是以"物态本闲暇"来反衬"怀归人自急"，情绪一落而至"壶觞负吟啸，尘土足悲咤"，寥落萧索，徒叹奈何。所以从全篇来看，为王国维所引述的"寒波澹澹起，白鸟悠悠下"绝非"无我之境"，只是要极写物态之闲适来更大地反衬出人世之逼仄。凡解这两句为"无我之境"的，要么是断章取义，要么是没有搞通诗旨。但断章取义是中国诗歌的一个悠久传统，在很多时候都是无可厚非的。

四

> 无我之境，人惟于静中得之。有我
> 之境，于由动之静时得之。故一优美，
> 一宏壮也。

这一节继续阐述"无我之境"和"有我之境"，并提出了一对新的概念："优美"和"宏壮"。这对新概念看上去毫无难解之处，在我们一般人的概念里，小桥流水是为优美，高山大河是为宏壮。但是，作为美学概念，"优美"和"宏壮"绝没有那么简单，这里边藏着东西方语境的巨大差异。

如果在中国传统语境下来看，高山大河属于阳刚之美、雄浑之美，小桥流水属于阴柔之美、娇小之美。但王国维这里的"优美"和"宏壮"并不是这个意思。

"优美"和"宏壮"作为美学上的一对概念，成型于18世纪的英国美学家柏克。王国维在《古雅之在美学上之位置》中讲到：美学上对美的区别，大致分为两类，即"优美"和"宏壮"。自从柏克和康德的相关著作出版，学者们都接受了把这一对概念当做美的精密分类。

王国维在其他著作里也早已解释过这对概念，如《叔本华之哲学及其教育学说》，用词是"优美"和"壮美"，指明这是来自于叔本华的美学体系。说所谓"优美"，是在人看到某个东西时忘记了彼此之间的利害关系，悠然赏玩，这就是"优美"的感情；而如果这个东西对自己大大不利，使自己的意志为之崩溃，转而以智力冥想它的"理念"（就是我在前文举例说明的那个"标准的正圆"），这就产生了"壮美"的感情。

如果这还不够明确，还可以看看《红楼梦评论》里的定义：在我观察一件东西的时候，毫不考虑它和我有什么利害关系，只是单纯地观察这东西本身，或者我在此刻心中没有丝毫的欲念，不把这东西当做一个和我有关的东西。（比如，历来我在看到苹果的时候都带着欲念，想着这个苹果可以满足我的食欲。但此刻我看到一个苹果，只着迷于它那圆滚滚、红艳艳的美感，忘记了这东西是该拿来吃的。苹果都是一样的苹果，但对我而言，前者是作为欲念——或曰意志——的对象，后者则是作为审美的对象。）这个时候，我心中产生的宁静状态就是所谓的"优美"之情，这个东西就是所谓的"优美"之物。但如果这个东西对我大大地有害，让我的意志为之崩溃，于是我的意志消失了，智力开始独立发挥作用，深入地观察这个东西，这就产生了"壮美"之情，这个东西也就被称为"壮美"之物。（好比我站在一座大山脚下，愈觉山之庞大，愈觉自身之渺小，意志为之崩溃，转而静思静观，于是产生了"壮美"之情。）

所以，"无我之境"之所以"优美"，因为它"惟于静中得之"，来自于悠然的观赏；而"有我之境"之所以"宏壮"，因为它是"于由动之静时得之"（第一次"之"是"到"的意思，动词），先受到巨大的震撼，再由震撼转入沉静。

至此看来，王国维基于西方美学的这一对概念，似乎除了在分析上更加深入之外，和中国传统的"阴柔—阳刚""娇小—雄浑"在适用范围上并没有太大不同。"雄浑"的高山大河也是"宏壮"的，"阴柔"的小桥流水也是"优美"的。但是，当我们联系上一节来看，"采菊东篱下，悠然见南山""寒波澹澹起，白鸟悠悠下"这都是"无我之境"的例子，属于"优美"；"泪眼问花花不语，乱红飞过秋千去""可堪孤馆闭春寒，杜鹃声里斜阳暮"，这都是"有我之境"的例子，属于"宏壮"。问题就出现了："泪眼问花"无非是闺中少妇自伤自怜，是阴柔的、娇小的，为什么王国维说它"宏壮"呢？"孤馆春寒"无非是一个仕途遭受挫折的小知识分子在发牢骚，应该也是阴柔的、娇小的，为什么王国维也说它"宏壮"呢？这两组诗句无论如何都和高山大河的意象沾不上边。

按照上述的"优美—壮美"理论来解释，"雨横风狂三月暮"和"杜鹃声里斜阳暮"带给人的都是强烈的压迫感，导致了意志的破裂。在这巨大的震撼之后，人便抛弃了意志，忘记了被观察的对象和自己之间的关系，由动入静，由震撼而转入静观，于是便产生了"壮美"之情。但这样解释，只有前半部分能说得通。我们仔细来看，"泪眼问花花不语，乱红飞过秋千去"，这是何等的哀伤、凄婉，幽怨是何等的深重，怎么可能是由震撼而转入静观所得到的"壮美"情绪呢？至于"可堪孤馆闭春寒，杜鹃声里斜阳暮"，在《人间词话》第二十九节里又出现过一次："少游词境，最为凄婉。至'可堪孤馆闭春寒，杜鹃声里斜阳暮'，则变而凄厉矣。"分明在说这两句所传达的是一种凄厉的情感，自然也不可能是由震撼而转入静观所得到的"壮美"。总而言之，无论是"泪眼问花"还是"孤馆春寒"，人物的情感并没有得到一种审美的升华，反而是在先前的基础上愈演愈烈、愈发不可收拾。或许正是因此，王国维在推出"宏壮"这个概念的时候，才特意在用词上和先前他在《叔本华之哲学及其教育学说》与《红楼梦研究》里介绍的属于叔本华美学体系里的"壮美"作了区别。个中缘由，要从东西方传统上的差异讲起。

所谓"壮美"，通常的译法是"崇高"，这里它不再是描述人的精神修养的日常语汇，而是一个西方美学体系里的专业术语。作为美学概念，"崇高"是个西洋的东西，在中国本土几乎是没有的。

"崇高"的根源是痛苦，但仅有痛苦不足以"崇高"。西方自古希腊时代起就不断有哲人思考这个问题——柏拉图发现了一种非常令人反感的社会现象：听到诗人们栩栩如生、声泪俱下地吟诵英雄的灾祸时，社会上最好的那些人也会获得快感，乐此不疲地继续欣赏这样的表演。柏拉图认为，诗人们就是这样不断逢迎着人性中最低劣的部分，所以在理想国里不该给诗人留有立足之地。他还把听众们这种幸灾乐祸的心态称为"哀怜癖"，痛加嘲讽。柏拉图在《理想国》里这样写道："我们可以承认荷马是首屈一指的悲剧诗人，但我们心里得有杆秤：除了颂神的和赞美好人的诗歌之外，不准一切诗歌进入国境。如果我们让那些甜言蜜语的抒情诗和史诗进来的话，统治我们的就将是快感和痛感，而不再是法律和古今公认的最好的道理了。"这段影响深远的话也正是西方文艺作品审查制度在思想上最古老的渊源之一。

柏拉图也许作出了一个错误的论断，但他确实发起了一个很好的话题（提出问题往往比解决问题更重要），吸引了更多的人来思考这个问题。很快，亚里士多德便提出了相反的意见："哀怜癖"并不是幸灾乐祸，人通过观看悲剧可以宣泄自己的哀怜和恐惧之情，使这些负面的情绪得到净化。艺术和现实是两回事，在现实中引发痛感的东西，在艺术中却会给人快感。（我们可以想想恐怖片和鬼故事的忠实受众们。）基于这层考虑，亚里士多德在《诗学》里给出了悲剧的标准模式：好人无辜受难，最后悲惨地灭亡。耶稣受难恰恰是这样的一个例子，崇高感正由这种苦难而生，由此奠定了西方宗教美学的基调。

亚里士多德的《诗学》是西方美学体系的一大源头，我们至此已经接触到的康德、叔本华、席勒等人的美学思想或多或少都有亚氏《诗学》的影子。后文将会谈到的尼采更加得益于此，他那著名的"日神精神"与"酒神精神"的划分就是承自《诗学》的。从书名看，亚里士多德的《诗学》好像类似于我们中国传统上的《诗品》《沧浪诗话》《人间词话》，但实际上《诗学》的主要探讨对象是悲剧和史诗。这是东西方对诗歌概念的一大差异，是我们在阅读当中须要留心的，这也是王国维在把西方美学理论应用到中国传统文学上时所遭遇的一种很难得到彻底解决的水土不服的现象。

中国传统上看似也有相近的内容，比如我们熟悉的"国家不幸诗家幸，赋到沧桑句便工"这样的论调。但是，这只是事后感慨，并不是艺术主张。再如"诗必穷而后工""物有不平则鸣"之类，强调的主要是诗歌发生论的一面，而缺乏审美理论的建构。更重要的是，这都不是中国传统诗歌的正统理论。

用精湛的艺术手法来宣泄不平之气、怨愤之情，屈原、阮籍便是这样的例子。但这样的人都是异端分子，正统理论是儒家的"乐而不淫，哀而不伤"，高兴了不能手舞足蹈，悲伤了不能捶胸顿足，情绪最好含而不露、若隐若现，是为中庸之道。比如李白有一首著名的《玉阶怨》：

玉阶生白露，夜久侵罗袜。

却下水精帘，玲珑望秋月。

诗题《玉阶怨》，点明了一个"怨"字，但我们看这寥寥二十个字，"怨"的情绪是如此之淡，朦胧缥缈，不仔细体会便很难觉察出来。这样的诗，可谓"哀而不伤"这一儒家正统诗歌理论的典范之作。如果一哭二闹三上吊地"怨"起来，那就是彻底的异端了。

"崇高"的根源是痛苦，而同样对于痛苦，中国的正统是压抑痛苦，只许淡淡地流露，西方的传统则是热爱痛苦，唯恐痛得不够、苦得不够，这可以说是东西方审美观念上的一个最核心的差异。所以中国没有悲剧传统，寥寥有几出悲剧也会被接上光明的尾巴，而没有悲剧传统则很难达到美学意义上的"崇高"。这对我们似乎难以理解，李后主的"问君能有几多愁，恰似一江春水向东流"，这还不够悲吗？王国维不也说李后主的词是以血写成的吗？但正如前文讲过的，李后主的词再怎么愁、再怎么痛苦，也属于抒情诗的范畴。而在叔本华的美学体系里，抒情诗位于文学体裁之序列的最低端，大受轻视，戏剧才是这个序列的最高端。我们由此可以想见悲剧与"崇高"处于何等的地位了。

王国维的理论之所以一再出现很难自洽的地方，一个很重要的原因就是：他把西方美学（尤其是康德、叔本华美学体系）的宏观框架应用到了中国古典词作这个微观层面上，这有点儿像把原本从头到脚的一整套衣服卷起来当手套用。在叔本华那里，"崇高"基本与抒情诗无缘，王国维却借用了这个概念来说明抒情诗的审美，难免会出现捉襟见肘、难以自圆其说的情况。

王国维恰当地说明了"崇高"的地方在《人间词话》第五十一节：

"明月照积雪""大江流日夜""澄江静如练""山气日夕佳""落日照大旗""中天悬明月""大漠孤烟直，长河落日圆"，此种境界可谓千古壮观。求之于词，惟纳兰容若塞上之作，如《长相思》之"夜深千帐灯"，《如梦令》之"万帐穹庐人醉，星影摇摇欲坠"差近之。

这里王国维所谓的"千古壮观"也就是本节所谓的"宏壮",并颇能贴合于他的西方美学的思想渊源。在柏克划分了"优美"与"崇高"这一对范畴之后,康德又进一步作出研究,把"崇高"细分为"数量的崇高"与"力量的崇高"。"夜深千帐灯""澄江静如练"就近于前者,"大江流日夜""落日照大旗"就近于后者。在惊涛骇浪、雷鸣电闪的面前,我们刹那间便会沮丧于自己的渺小,但只要我们知道自己是安全的,便会欣然欣赏这些东西。这就是王国维在本节所谓的一个"由动之静"的过程,还可以借用被尊为理学祖师的周敦颐的一句名言"无欲故静",摆脱欲念正是"由动之静"的方法,正与康德、叔本华美学暗合。

而这些让我们"动"、让我们为之震慑的东西,越是骇人,也就越是吸引人,我们便会把它们看做"崇高"的东西。这是康德在《判断力批判》里表达的意思,它再一次提醒我们:尽管康德也说过"崇高"与道德感密切相关,但这个词在这里毕竟是一个美学概念,所以我们千万不要用道德概念去理解它。基于这个原因,称之为"壮美"或"宏壮"也许更好一些吧。(在现代美学作品中,对这个概念,中国大陆多作"崇高",港台多作"雄浑",后者作为美学术语来自唐代诗论家司空图。)

五

自然中之物，互相关系，互相限制。然其写之于文学及美术中也，必遗其关系、限制之处。故虽写实家，亦理想家也。又虽如何虚构之境，其材料必求之于自然，而其构造。亦必从自然之法则。故虽理想家，亦写实家也。

这一节内容，乍看上去很有几分费解：搞文学和美术创作为什么一定要"遗其关系、限制之处"呢？这似乎既不可能，也不应该。一种典型的批评意见是：现实生活是无限多的事物运动在空间中、坐落在时间中，互相关联着，结成了一张大网。文学创作当然不可能完全描绘这张大网，而只能描绘这张大网上最重要的那些点和线，一提起这些点和线，网也就被提起来了。王国维所谓文学创作必须要抛弃的"关系、限制之处"恰恰都集中在这些点和线上，而只有深刻理解了这些点和线上所包含的种种关系、限制，才能把它们写好。

那么，王国维为什么要提出"必遗其关系、限制之处"呢？在《人间词话》的手稿里，"自然中之物，互相关系，互相限制"这一句之后还有一句"故不能有完全之美"，给我们提供了一个理解的线索。有人对这句话解释为"世无完美之物，亦无完美之景，诗人写下的永远只是其中的一面"。这虽然易于理解，但没能把握王国维这句话里的逻辑关系。正确的逻辑关系应该是这样的：自然界当中的事物莫不存在关联，正因为存在关联，所以并不完美。而文学和美术若要创造完美之境，就必须抛弃这些关联，所以写实派的艺术家也是理想派的艺术家。

当把这个逻辑关系理顺之后，叔本华的美学体系也就呼之欲出了。所谓"写实"和"理想"，这在前文中是介绍过的。叔本华美学意义上的"理想"，既不是日常话语里的"理想"，也不是理想主义的"理想"，而是所谓"美的预期"。用我在前文打过的比方来说，就是那个先验的、不存在于现实世界的、不受时间和空间限制的"标准的正圆"。换句话说，这个"理想"就是"理想型"，是一种完美的模子。而西方美学体系里一个源远流长的认识是：因为自然界中的东西或多或少都有缺陷，所以艺术创作并不是摹写自然，而是摹写那个完美的模子，所以艺术家是不需要体验生活的。

至于王国维所谓必须要摆脱的"关系"和"限制"，主要有两层意思：一是时间、空间和因果律。康德把这三种东西看做我们人类的头脑中先天具备的三个框框，我们观察任何东西总是脱不出这三个框框。比如任凭我们如何发挥想象力，也无法想象一个位于这三个框框之外的东西；二是艺术家和他所描绘的对象之间的利害关系。比如一位画家在画一幅以苹果为主题的静物写生的时候，他就不该对这些苹果产生食欲。

那么，怎么摆脱这些"关系"和"限制"呢？方法就是前文一再讲到的"直观"。还用这个静物写生的例子，画家通过"直观"透过面前具体的这个和那个苹果捕捉到了苹果的"美的预期"，它是世界上所有苹果的模子，世界上所有的苹果都是不完美的，而它是完美的，它是抽离于特定的时间、空间之外的，也不受因果律的限制。它不是一个具体的东西，而是一种"形式"，一种永恒的、完美的、超然的"形式"。这就是艺术创作的本质，即便你在"写实"，只要你达到艺术的高度，就必然会触及这个本质，这就是"故虽写实家亦理想家也"。

至此，回顾王国维的那句"自然中之物，互相关系，互相限制，故不能有完全之美。然其写之于文学及美术中也，必遗其关系、限制之处。故虽写实家，亦理想家也"，其中含义也就豁然开朗了。但是，如果再追问一步"这是不是一种正确的文艺理论",这就另说了。王国维在写作《人间词话》之前便长期处在一个非常矛盾的心理当中,虽然深爱康德和叔本华,却又感觉哲学上的东西大都"可爱者不可信,可信者不可爱",既要追求真理,又很迷恋谬误,在美学上还是觉得经验论更为可信。王国维的这种矛盾和依违不定的心态在《人间词话》里是常有表现的。

至此我们已经知道了为什么以及如何摆脱那些"关系"和"限制",由此便可以提出一个顺理成章的问题:哪些人更容易做到这一点?——在前文第三节里介绍过的"古人为词,写有我之境者为多,然未始不能写无我之境,此在豪杰之士能自树立耳",王国维所谓的"豪杰之士"就是这样的人,用叔本华的概念来说,就是"天才"。

和我们已经遇到过的许多概念一样,"天才"这个词在叔本华的美学体系里是有特定之含义的。我们常说天才和疯子的区别只在一念之间,但我们只是说说而已,而叔本华为了理解天才,当真没少去泡疯人院,在那里仔细地观察疯子。他发现疯子观察事物的一大特点就是孤立地看待事物,既不考虑这个东西和自己的利害关系,也不把它看做时间、空间和因果律里的一个时时处处关系并限制着其他事物,并被其他事物关系和限制着的东西。举个简单的例子,我们看到一个苹果,看到的是在当下的时间、空间里的、具体的"这个苹果",疯子则摆脱了时空意识,看到的不是"这个苹果"或"那个苹果",不是"现在的苹果",也不是"过去的苹果",而是"苹果";我们看到苹果的时候,我看到苹果是结在苹果树上的,疯子却看不到苹果和苹果树之间的关系和限制;我们看到苹果会想到吃,会想到苹果的营养价值,疯子却不想这些,他只看到了"苹果"。如果一个人不是疯子,却能经由这种"疯癫"状态发现现实世界背后的"理念",那么他就是"天才"。——对这句话我们还应该多注意一下"发现"这个词。正如我在前文已经讲过的,叔本华在美学思想上和康德不同的是——他认为审美过程是一种认识过程,我们可以通过审美获得更多的知识,尤其是关于世界本质的知识,而这正是理性所无法达到的。表出"理念",这就是艺术的目的,叔本华如是说。而另一方面,词作为一种文学体裁是被算在抒情诗的范畴里的,而抒情诗如前所述，是大受叔本华鄙夷的，"抒情诗的创作并不须要天才"，叔本华亦如是说。

我们再来看王国维本节的后半段："又虽如何虚构之境，其材料必求之于自然，而其构造亦必从自然之法则。故虽理想家，亦写实家也。"同样这一节，前半段完全脱自叔本华，后半段则完全反对叔本华，所以读者很容易就会产生误读。

为什么说后半段完全反对叔本华呢？因为后半段里所讲的正是我们普通人最熟悉的一种文艺理念：艺术源于生活，又高于生活。艺术源于生活，所以就算是纯粹的架空小说，写作素材也"必求之于自然"，在写法上也"必从自然之法则"。《西游记》《指环王》，无非是把现实世界的种种关系罩上了一个虚拟世界的套子，所以说"虽理想家，亦写实家也"。

所以这段话对于我们来说再容易理解不过，但叔本华肯定会为之恼火。因为这样的观点就意味着美来自于后天的经验，来自于对现实生活的摹写。而他坚持现实世界里不存在完美的东西，美来自于先验的理念，艺术的目的不是摹写自然，而是表出理念。

作为读者，至此我们就会大为困惑，在《人间词话》这短短的一节内容里，王国维竟然把两种互相对立的美学思想生生捏在了一起。乍看起来非常流畅，仔细一想就会感到无所适从，这就说明王国维此时对东西方的美学传统以及西方美学传统中的不同流派还没有融会贯通，学术史上处于拓荒时期的重要作品总难免这一类的粗疏的毛病。

六

境非独谓景物也。喜怒哀乐，亦人
心中之一境界。故能写真景物、真感情
者，谓之有境界；否则谓之无境界。

"境非独谓景物也"，之所以要作这个界说，因为在传统上，"境"通
常仅指景物。在佛教典籍里，"境"和"境界"只是对同一个梵文词汇的
不同翻译，很多时候可以通用；单独用"境"的时候，指的多是"六根"
的对象，大体上说就是我们所有的感官与心智所观察的客观事物。

王国维在这里透露了一个很重要的信息："境非独谓景物也。喜怒
哀乐，亦人心中之一境界。"前边用"境"，后边用"境界"，表示这两
个词是通用的，它们既是疆界、范畴，也是人们感官与心智的对象，而
且不尽包括客观的对象，还包括了喜怒哀乐这些主观情感。这恰好可以
佐证我在第一节里为"境界"作出的定义："以直观营造出的独立的艺
术空间。"而定义中所谓的"直观"，在这一节里也有现身。

这一节再一次谈到"境界"，又提出了一个"真"字。从第一节看
到第六节，我们可以得出这样一个逻辑：一件作品的好坏取决于它是否
有境界，是否有境界又取决于是否写出了真景物、真感情。

这就为写作对象划定了两个范畴：一是景，二是情，并且特别指出
"喜怒哀乐，亦人心中之一境界"。这可以用王国维在《宋元戏曲史》里

的一段话来作注释："何以谓之有境界？曰：写情则沁人心脾，写景则在人耳目，述事则如其口出是也，古诗词之佳者无不如是，元曲亦然。"写情、写景和述事的三个标准，归结起来只有一个，即"逼真"，也就是"能写真景物、真感情"。用《人间词话》后文将会出现的概念来说，这就叫做"不隔"。

要弄明白一种观点，最好的办法莫过于看它反对什么。王国维提出这个"真景物、真感情"，反对的就是那些应景的、模式化的、社交的、议论的诗词，这些内容都是在后文说的。这个道理对我们来说非常简单，无非是说艺术创作要抒发真情实感。但问题是，如果这样理解，一来就意味着王国维无非在重复中国传统文论上的一些论调，诸如性灵论、童心说等等，了无新意；二来这大大违反了叔本华的美学，也就和王国维在前文里基于叔本华而立论的一些美学观点起了冲突。

从后者来看，写真景物，就意味着摹写自然；写真感情，就意味着主观化。这恰恰是叔本华最反对的东西。为了理论的自洽，于是有研究者指出，王国维所谓的"真景物"，就是叔本华的"理念"或"美的预期"；王国维所谓的"真感情"，就是叔本华的"纯粹认识主体"（这几个概念都是前文介绍过的）。王国维的著名研究者佛雏如此梳理过这一节立论的本源："王氏这里所讲的，实际是个'后天'（自然物）与'先天'（理想或'美之预想'）的结合问题。这是说，诗人先天中对某种美本就'似曾相识'，通过'后天中所与之自然物'，而'唤起先天中模糊地认识到的东西'（叔本华语），并且经过一番'超妙'的'遗其关系、限制'的功夫，化后天的不纯粹为纯粹，化不完全为完全，化'模糊'为'清晰'，终于使'后天'合于'先天'，使'美之预想'或理想得到完全的显现。"这段话也许不大好读，却是非常精确的表达，终于使王国维不再是一番唯物主义文论家的面貌了。

在王国维自己的作品中可以为之作注的是《文学小言》里的一段话："自他方面言之，则激烈之情感，亦得为直观之对象、文学之材料；而观物与其描写之也，亦有无限之快乐伴之。"这就意味着，"写真感情"并不是我们传统意义上的抒写真情实感，而是把"真感情"作为"直观"的对象以达到审美层面，这确实是基于叔本华的。

但这又引出了新的难题：这样的阐释确实合乎叔本华的美学体系，也合乎《人间词话》里"无我之境"之类的概念，却未必合乎《人间词话》后文里一些很朴素的反对那些应景的、模式化的、社交的、议论的诗词的说法。也就是说，对这一节内容的理解进入了一个捉襟见肘、进退两难的局面，我们既不可能探知王国维的本意，也无法给出一个使它在《人间词话》的美学体系里得以自洽的解释。

"红杏枝头春意闹"，著一"闹"字，而境界全出。"云破月来花弄影"，著一"弄"字，而境界全出矣。

在这一节里，王国维用了两个例子来说明"境界"是怎样被诗人营造出来的。第一个例子出自宋祁的名篇《玉楼春·春景》：

东城渐觉风光好，縠皱波纹迎客棹。绿杨烟外晓寒轻，红杏枝头春意闹。

浮生长恨欢娱少，肯爱千金轻一笑。为君持酒劝斜阳，且向花间留晚照。

这首词最能体现宋祁的性格，也很能体现流行在北宋士大夫中间的风气，这两者是一致的，就是及时行乐的享乐主义。也就是说，从道德角度来讲，这首《玉楼春》，乃至其中的任何一句，都是相当没有"境界"的。所以这就可以反驳那些认为王国维的"境界"说反映的是诗人的精神修养、胸襟气魄的说法。

词的上片，诗人陶醉于大好春光，以"绿杨烟外晓寒轻，红杏枝头春意闹"一组对仗收笔；下片转入感慨，正所谓触景生情，生的这个情可谓庸俗至极："这辈子常常感到不满的就是高兴的事太少，所以只要能让我找个乐子，我是不在乎花多少钱的。今天又已经是夕阳西下了，咱们举起酒杯劝劝太阳，趁花儿开得这么好，让它晚一点儿再落山吧。"

宋祁其人，官大、钱多、才高、名气响，还很懂享受。这样一个人，这样一首词，怎么就有了"境界"了呢？

"红杏枝头春意闹"，这句话在当时很出名，甚至人们因此称他为"红杏枝头春意闹尚书"；"闹"字之妙，前人也没少讲过，但究竟妙在何处，究竟又怎么靠这一个字便写出了"境界"？

妙在何处，古人有糊涂的。李渔就说所谓"闹"是形容争斗发出声响的，怎么能用在红杏身上呢？如果这也可以，那用"吵"、"打"、"斗"都可以了。

但现代人毕竟知识多了，很容易理解"闹"字妙在何处——它巧妙地运用了心理学所谓的"通感"。杏花在枝头开放，这是一个静态的画面，是人的视觉所捕捉到的对象，而"闹"主要是属于听觉的。杏花在春天那昂扬的、不可遏制的生机给人一种蓬勃的感觉，于是这种感觉向听觉转移，产生了"闹"的印象。"闹"的并不是杏花，而是杏花开放时所展现的蓬勃生机。所以，"闹"字的妙处主要有两个方面：一是巧妙地运用了通感，以动态的听觉感受描绘了静态的视觉画面；二是不仅仅描绘了一幅杏花盛开的图像，更描绘出了杏花背后的那种生命的力量。

其实这也不是宋祁的独创，钱钟书在《七缀集》里有一篇《通感》，罗列了一堆宋人诗词用"闹"字的例子。比如晏几道"风吹梅蕊闹，雨细杏花香"，黄庭坚"车驰马骤灯方闹，地静人闲月自妍"……看来读书之道，非博则无以精呀。

"闹"字的妙处已经得到了很好的解释，那么，它是如何营造出"境界"的呢？用中国传统的文艺评论语言来说，这个"闹"字起到了画龙点睛的作用，让整个画面活了起来。但如果站在叔本华的立场上看，宋祁在写这首词的时候完全没有进入"直观"，而且完全在考虑着物与我之间的利害关系，根本就不在审美层面上。回到王国维的体系里来，这句词应该和第三节里谈到的"泪眼问花花不语，乱红飞过秋千去""可堪孤馆闭春寒，杜鹃声里斜阳暮"一样，属于"有我之境"，而这个"有我之境"正如前文分析的那样，是王国维的美学体系里极难自洽的一个概念。所以，"闹"字到底怎么使"境界全出"，讲不清。

再看王国维举的第二个例子："'云破月来花弄影'，著一'弄'字，而境界全出矣"。这一句出自张先的名篇《天仙子》（时为嘉禾小倅，以病眠，不赴府会）：

《水调》数声持酒听，午醉醒来愁未醒。送春春去几时回？临晚镜，伤流景，往事后期空记省。

沙上并禽池上暝，云破月来花弄影。重重翠幕密遮灯，风不定，人初静，明日落红应满径。

这首词的主旨也没有多高深或者多高尚，而是所谓"闲愁"，通俗地讲就是小资的酸文假醋。"云破月来花弄影"，"弄"字妙在哪里呢？最简单的一层就是它用到了拟人手法，为花赋予了一个人类才有的动作；再深一层就是它体现了"移情作用"，整首词都有诗人的一种"慵懒地赏玩"和自恋的心态，而在这个"弄"字上，诗人把这种心态投射到了花的身上。这是我绞尽脑汁所能得到的最终结论，而且遍翻注本也找不到更深刻的解释。在我遍查的资料中，看上去最合理的解释应该算是王攸欣在《选择、接受与疏离》里分析的："闹"和"弄"这两个动词"极富表现力地把大自然的欲望和意志活生生地写了出来，这就揭示了各自的本质，因此王国维击节叹赏"境界全出"。

这是一个让人最愿意相信的解释，因为它是基于叔本华的，这就会使《人间词话》的理论体系更加圆融。但是，要想让这个解释成立，必须基于这样一个前提：王国维提出这两句词来举例时是断章取义地来用的。也就是说，他把"红杏枝头春意闹"和"云破月来花弄影"抽离全词，作为单独的句子来看。否则的话，前者连"直观"都没达到，后者表现出来的是移情作用，而且根本和"大自然的欲望和意志"毫无关系。

那么，如果抛开这个解释，又该怎么理解"'云破月来花弄影'，著一'弄'字，而境界全出矣"呢？这个"弄"字到底是怎么把"境界"营造出来了呢？这实在很难找出逻辑关系来。总之，在《人间词话》里，凡是属于"有我之境"范畴里的东西，基本都理不出一个自洽的说法。

附记：王国维这节的内容，用中国传统诗论的语言来说，可以称之为"炼字"，强调一字之差，高下立判。清人尤侗在《艮斋杂说》里举过例子，说杜甫诗句"身轻一鸟过"，如果书上偶然脱落了"过"字，无论填"下"、填"疾"、填"落"，总是不好；孟浩然"到得重阳日，还来就菊花"，如果脱落了"就"字，无论填"醉"、填"对"、填"问"，也都不好。等看到诗人原先的用字，才会发觉其中的妙处。古人还有所谓"一字师"，比如齐己"昨夜数枝开"，郑谷改"数"为"一"，就是著名的例子。

八

境界有大小，不以是而分优劣。"细雨鱼儿出，微风燕子斜"，何遽不若"落日照大旗，马鸣风萧萧"。"宝帘闲挂小银钩"，何遽不若"雾失楼台，月迷津渡"也。

王国维提出的这条意见，现在看起来并不觉得如何振聋发聩，在当时却是很有针对性的。文艺作品到底什么是好、什么是坏，历来发生过很多争论。婉约派的看不起豪放派的，说自己才是词的正根；豪放派的看不起婉约派的，说他们整天小情小调的，没有男人气概；忧国忧民的看不起隐居避世的，说他们没有担当，隐居避世的看不起忧国忧民的，说他们一把年纪了还扮愤青，自讨没趣。对于我们普通读者来说，读了文天祥的《正气歌》，"天地有正气，杂然付流形。下则为河岳，上则为日星"，几句诗一经吟咏，只觉得胸中油然生出一股沛然之气；读了李之仪的《卜算子》，"我住长江头，君住长江尾。日日思君不见君，共饮长江水"，又是一种悠远的思念、淡淡的愁绪。但是，这些作品到底谁高谁低、谁优谁劣呢？

王国维给出了自己的答案：无论是豪放派还是婉约派，无论是愤青派还是隐逸派，只要写出了境界就是好的，至于境界是大是小、是刚是柔，都不是区分优劣的标准。这就像我们不能因为一幅画的幅面大，就说它高过一幅山水小品。

我们看王国维举的这两组例子，第一组都是杜甫的诗，第二组都是秦观的词，分别用同一个作者的不同作品来作比较，这是很有几分深意的。"细雨鱼儿出，微风燕子斜"，出自杜甫《水槛遣心》组诗之一：

> 去郭轩楹敞，无村眺望赊。
> 澄江平少岸，幽树晚多花。
> 细雨鱼儿出，微风燕子斜。
> 城中十万户，此地两三家。

杜甫是律体诗的大家。这首诗八句话，两两相对，构成了四组对仗。而按照律诗的规矩，只要中间那两组对仗就可以了。但杜甫写起来，通篇对仗却不嫌丝毫的刻板，要说流畅自如，又全不失"起、承、转、合"的律体章法。写这首诗的时候，杜甫已经在成都草堂定居下来了。一有了自己的房子，杜甫也和我们普通人一样，热衷于搞装修：弄园子呀，栽树呀，还在水边弄了一个水槛，可以钓鱼，可以散心。这个地方距离成都市区很远，而且空落落的，见不到多少人烟，颇有几分"聊斋"的意境。但杜甫心态好，总能看到事物积极的一面。我们看这首诗，通篇流露出一种喜悦、恬静的感情，正如金圣叹的评论"前半幅写胸中极旷，后半幅写胸中自得也"，但仔细回味一下，却隐隐地有一丝凄凉，尽管这未必就是诗人的本意。

首联"去郭轩楹敞，无村眺望赊"，这是说自己的房子不在市区，所以盖得很宽敞；眼前没有村落，所以视野开阔。颔联"澄江平少岸，幽树晚多花"，接着首联的"视野开阔"来说，这在律体结构上叫做"承"，就是承接上文，因为视野开阔，所以看到远处的江水似乎和江岸齐平，近处的树上开了不少花儿（这是远景和近景的对仗）。颈联就是王国维举例的这两句："细雨鱼儿出，微风燕子斜"，在写完远江和近树之后，笔锋一转，专写眼前的风景，这在律体结构上叫做"转"，就是转折。说鱼儿在细雨中游到水面上来了，燕子在微风中翩然摇曳，用字不带一分主观色彩，却把诗人的情绪清楚地传达出来了。末联"城中十万户，此地两三家"，到这里要作一个总结陈词，这就是律体结构的"合"，把成都市区的繁华和草堂水槛的幽静作了一个非常鲜明的、至少在字面上基于统计数字的对照：城里有十多万户人家，我这里只有两三户人家。诗人没有作任何评论，既没有张扬幽静，也没有痛恨偏僻，意思是要让读者慢慢嚼的。这样的诗，就叫做有余味的诗。

再看与之相对的"落日照大旗，马鸣风萧萧"，出自杜甫《后出塞》组诗之一：

> 朝进东门营，暮上河阳桥。
> 落日照大旗，马鸣风萧萧。
> 平沙列万幕，部伍各见招。
> 中天悬明月，令严夜寂寥。
> 悲笳数声动，壮士惨不骄。
> 借问大将谁？恐是霍嫖姚。

这是杜诗中的名篇，但现今的唐诗注本常常误解了它，原因大致有二：一是把这首诗从《后出塞》组诗五首里割裂来看，忽略了杜甫组诗所特有的连贯性（比如浦起龙《读杜心解》谈到《前出塞》组诗九首，说这九首诗可以当做一首长诗的不同章节来读，杜甫的组诗多有这种章法），二是忽略了这一组诗特定的历史背景。

"落日照大旗，马鸣风萧萧"，这是《后出塞》的第二首。单独看这一首，是以一名新兵的视角来写的。"朝进东门营，暮上河阳桥"，是这名新兵甫一从军，当天就从洛阳出发，渡过黄河北上。"落日照大旗，马鸣风萧萧"，这是紧承上一句的"暮"字，脱自《诗经·小雅·车攻》的"萧萧马鸣，悠悠旆旌"，写暮色中行军的场面。"平沙列万幕，部伍各见招"，走累了，天黑了，大军搭帐篷休息了。士兵们各找各营，平原上帐幕连绵，蔚为壮观。"中天悬明月，令严夜寂寥"，夜深了，明月悬挂中天，军营里虽然人马无数，但在严格的军令之下，不发出一点声响。"悲笳数声动，壮士惨不骄"，这两句颇带想象色彩，说夜深人静之中，突然传来胡笳的悲声，战士们不免心生凄恻（胡笳确是被汉人用做军乐器的，但如果真这么吹，就说明军令还是不严）。"借问大将谁，恐是霍嫖姚"，这名新兵此刻才得空去关心"咱们的将军是谁"，但一来可能慑于军纪，不敢吱声；二来可能大家都睡了，找不到人问；三来也有注家说最后这两句是诗人跳脱出来自己说的话。总之，问题的结论是：这位将军大约是像西汉嫖姚校尉霍去病那样的名将吧。

因为诗的最后两句以霍去病这个光彩照人的正面人物来比喻军中主将，所以唐诗选本常认为这首诗表现的是正面的、积极的情感。其实这是一首讽刺诗，霍去病比喻的不是什么英雄好汉，而是安禄山。这个《后出塞》组诗就是以一个新兵的成长史和理想幻灭史，写出了安禄山从开边到反叛的过程，同时批评了唐玄宗好大喜功的对外政策。

我们再看王国维的第二组例子，来自秦观的《浣溪沙》：

漠漠轻寒上小楼，晓阴无赖似穷秋。淡烟流水画屏幽。
自在飞花轻似梦，无边丝雨细如愁。宝帘闲挂小银钩。

这首词看上去平平淡淡，通篇都没有正面出现过的人物与直抒胸臆的情绪，除了意象的堆叠，也只有"上楼"这一个很普通的动作而已。但是，一种若有还无的风神韵致却跃然纸上，无以复加。

"漠漠轻寒上小楼，晓阴无赖似穷秋。淡烟流水画屏幽。"上片只写了她一个上楼的动作，其余笔墨却完全写些不相干的东西：轻寒、晓阴、画屏，仅仅罗列了一些意象，作者到底要说什么，却不清楚。艺术之妙处，往往正在这有无之间。

"自在飞花轻似梦，无边丝雨细如愁。宝帘闲挂小银钩。"下片的前两句是宋词里第一等的名句，脱胎自五代冯延巳的"撩乱春愁如柳絮，悠悠梦里无寻处"而大有胜之。在这一联对仗里，落花是自在的，轻轻地飞，像梦一样轻；雨是细细的，绵长的，如同愁绪。这分明颠覆了传统语言。因为一般的比喻可以说梦似飞花、愁如细雨，秦观却反过来说，把两则平常的比喻化为神奇。这两句之后，镜头又转到了写实，"宝帘闲挂小银钩"脱胎自南唐中主李璟的"手卷珠帘上玉钩"而更胜一筹，看似只是说窗帘被挂钩挂了起来，这本来只是个很平常的场景，但一个"闲"字却再化平常为神奇——窗帘也好，挂钩也好，任凭怎么挂也不可能"闲"的。秦观却从这个意象捕捉到了一种意态，也许是词人自己的意态，也许是窗子里边那位女子的意态：似乎慵懒而寂寞，有些轻轻的伤感，有些淡淡的倦意。到了怎样程度呢？轻轻的梦，轻如飞花；淡淡的愁，淡如丝雨。我们的小学语文课本里就讲"情景交融"，这首词正是情景交融的最佳范例，字面说景而暗暗含情。

前人评秦观的词，说其一大特色是平易近人而不着力。这首《浣溪沙》恰是一个典型，好像就是轻轻松松、随随便便说出来的而已，没有慷慨高歌，没有沉郁顿挫，没有绮丽浓艳，没有超然脱俗。总之，没有语不惊人死不休的那种写作感觉，而意境自然而然、悠长而有无限的余味。这便是一种禅境了，淡淡写来，毫不着力，一着力便会落入下乘。

这首词，不写谁在梦、谁在愁，不写为何而梦、为何而愁，不写她如何梦、如何愁，只是以一些意象的巧妙堆积，含蓄地传达出了一种意态。这便是中国古典诗词的一大特色，与西方诗歌赤裸裸、浓烈烈的爱情宣言形成了鲜明的对照。这手法后来被美国一些诗人大为推崇，甚至从此改变诗风，不再直接抒情，而是以塑造意象来传达情感意态，于是形成了美国现代诗歌中大名鼎鼎的意象派。后来中国的朦胧诗兴起，诗人们从美国意象派取经，殊不知真正的源头却在自家的祖先那里。

"雾失楼台，月迷津渡"则出自秦观的另一首名篇《踏莎行·郴州旅舍》，在第三节里已经讲过。现在我们再来比较这两组句子："细雨鱼儿出，微风燕子斜"和"宝帘闲挂小银钩"是近景，是微观的画面，是小画幅；"落日照大旗，马鸣风萧萧"和"雾失楼台，月迷津渡"则是远景，是宏观的画面，是大画幅。如果说远景胜于近景，宏观胜于微观，大画幅胜于小画幅，显然是没有道理的。用电影来做例子，耗资数亿的大片不一定就优于一些小制作，史诗般的宏大叙事也未必就优于一些生活小品，这是很多人都有切身体验的。"境界有大小"，大与小只是量的差别，而非质的差别。

我们再用第四节里讲过的美学概念来说，"细雨鱼儿出，微风燕子斜"和"宝帘闲挂小银钩"达到的是"无我之境",诗人在此摆脱了欲念以及对利害关系的考虑,进入了恬静的"直观",所描绘之境是为"优美";"落日照大旗,马鸣风萧萧"和"雾失楼台,月迷津渡"达到的是"有我之境",诗人在强大的外物的威压下受到震慑,终于升华而进入静观,完成了一个"由动之静"的过程,是为"宏壮"。

附记:杜甫的"落日照大旗,马鸣风萧萧"出自《诗经·小雅·车攻》的"萧萧马鸣,悠悠旆旌"。杜甫读书多,写诗也多得益于读书,正所谓"读书破万卷,下笔如有神"。前人评论杜诗,常说字字有出处。唐代诗人学杜甫的,最著名的就是李商隐。而李商隐恰恰也有用典的嗜好,撰文的时候案头要摆很多书,时人称之为獭祭鱼(据说水獭捉了鱼,会一条条码在石头上)。(吴炯《五总志》)宋人很欣赏这种风格,说写诗的一大要点就是材料的积累要足。(黄彻《䂬溪诗话》)

宋人学习杜甫、李商隐,学得有些过分,后来没少招批评,但这说明了一个道理:诗歌语言是在不断积累。所以一般来说,时代越早的诗就越好懂,因为诗句里边没那么多出处。我们现代人读明清诗词要比读唐诗宋词困难得多,一大原因就在这里。

一种流行的看法是,搞创作要直抒胸臆,说自己的话,不用前人的语言,但这也就意味着对传统诗歌语言的中断。清人尤侗《艮斋杂说》举过一个例子:李白的名句"朝辞白帝彩云间,千里江陵一日还",从白帝城到江陵,千里路程一天走完,很有想象力。而杜甫诗里也说"朝辞白帝暮江陵",意思一样。像这样的话,两大诗人怎么会如此暗合呢?直到读了庾信的文章,有"朝辞白帝,暮宿江陵",才知道李、杜两首诗之所以"暗合",源头都在这里。

有才情还要有功力,就连以"性灵"为主张的袁枚也这么讲。钱钟书说过:初读《随园诗话》的人,都以为作诗就是张扬性情,非常简单,只知道袁枚所谓"天机凑合",却忘记他还强调"学力成熟"。(《谈艺录》)当然反对者也可以说《诗经》的那些作者们可都没读过几本书。但我们还得想到,《诗经》的魅力与其说在于诗歌本身,不如说更在于岁月流金。(《诗经》的艺术手法和诗义辨析我会有专书来讲。)

严沧浪《诗话》谓："盛唐诸公，惟在兴趣。羚羊挂角，无迹可求。故其妙处，透彻玲珑，不可凑拍［泊］，如空中之音、相中之色、水中之影［月］、镜中之象，言有尽而意无穷。"余谓北宋以前之词，亦复如是。然沧浪所谓兴趣，阮亭所谓神韵，犹不过道其面目，不若鄙人拈出"境界"二字，为探其本也。

王国维在这一节里评论的两位前辈，严羽（沧浪）和王士禛（阮亭），一个是宋朝人，一个是清朝人，都是文学批评界的大师，而且路数也是一样的。

中国的诗话体裁始自北宋欧阳修，发展到南宋严羽的《沧浪诗话》，跃然成为一代高峰。现在我们学习古典文论，《沧浪诗话》是必读的一本书；我们现在一些习以为常的观念，比如"诗必盛唐"，虽然口号出自明代李梦阳，但源头就在这本书里。王国维这里引述的"盛唐诸公，惟在兴趣。羚羊挂角，无迹可求。故其妙处，透彻玲珑，不可凑拍［泊］，如空中之音、相中之色、水中之影［月］、镜中之象，言有尽而意无穷"，出自《沧浪诗话》的第一部分"诗辩"。

严羽在这里点出了盛唐诗人们的一个主要特点："兴趣"，这可不是我们日常用语里的意思——《唐才子传》说张志和撰写渔歌，还把诗境给画出来，"兴趣高远"，别人都赶不上；明代王嗣奭的《杜臆》评杜甫的几句诗说"兴趣自不可及"；杜甫自己的诗里还写过"从来支许游，兴趣江湖迥"。但这个词到底怎么解释，似乎只可意会、不可言传，我这里借用袁行霈的一个定义："所谓兴趣，指诗人的创作冲动兴致勃发时的那种激动的感觉……属于诗人主观精神方面的东西。"

"兴趣"在严羽那里是一个重要的概念，他说"诗之法有五：曰体制，曰格力，曰气象，曰兴趣，曰音节"。这就是说，一首诗要具备五个方面的素质：一是体例（分行押韵之类的），二是格调（《十八摸》的唱词也分行押韵，但不是诗），三是气象（王国维会在《人间词话》的第十节提到这个概念，说李白的词最突出的长处就是气象），四是"兴趣"，五是音律（诗歌要有抑扬顿挫的音乐美）。

明代"后七子"之一的谢榛写过一部《四溟诗话》，把"兴趣"拆成了"兴"和"趣"，说"诗有四格，曰兴，曰趣，曰意，曰理"。谢榛举例说明，说李白《赠汪伦》的"桃花潭水深千尺，不及汪伦送我情"，这就是"兴"；陆龟蒙咏白莲的诗有"无情有恨何人见，月晓风清欲堕时"，这就是"趣"。

严羽自己如何解释"盛唐诸公，惟在兴趣"呢？他用了一套禅宗的说法："羚羊挂角，无迹可求。故其妙处，透彻玲珑，不可凑泊。如空中之音、相中之色、水中之、镜中之象，言有尽而意无穷。"以禅喻诗，开创一套崭新的诗歌评论体系，这是严羽颇为自得的事。但是，禅本来就是一个很难讲清的东西，连禅宗大师们都各有各的一套，从唐朝以来就常常为了谁正统、谁偏门、到底应该如何参禅等等问题争论不休。所以严羽拿了一个更不清楚的东西来解释一个不清楚的东西，对他的很多分析论断我们也就只能去意会了。

但此时我们又可以应用一个我在前文讲过的方法：要清楚地认识一个东西，仅仅看它主张什么往往不容易看清，更应该看的是它反对什么。严羽反对什么，在《沧浪诗话》里表现得非常明确，就在他"羚羊挂角"那一番话之后，他接着就说："近代诸公，乃作奇特解会，遂以文字为诗，以才学为诗，以议论为诗。夫岂不工？终非古人之诗也。"这样对照来看，意思就比较明朗了：严羽提出"盛唐诸公，惟在兴趣"，反对的是和他同时代的那些诗人。严羽认为他们写诗是用文字写、用才学写、用议论写，在工整方面没话可说，但这已经不是古人的诗了。因为古人的诗，尤其是盛唐诗人的诗，是用"兴趣"写出来的。

我们再看"羚羊挂角"之前的一段："夫诗有别材，非关书也；诗有别趣，非关理也。然非多读书、多穷理，则不能极其至，所谓不涉理路、不落言筌者，上也。诗者，吟咏情性也。"严羽承认要写出极致的好诗来少不得要多读书、多穷理。但又强调指出，写诗是有"别材"和"别趣"的，这和读书、穷理是没有关系的，如果只靠读书和穷理，是写不出好诗的。那么，"别材"和"别趣"究竟在哪里呢？严羽在最后一句里给出了答案："诗者，吟咏情性也。"也就是说，要想"下笔如有神"，就必须兼备"读书破万卷"和"吟咏性情"，二者缺一不可。

我们现代人看严羽的这个观点，有一个时代背景的隔阂：很多人都认为写诗就是"吟咏性情"，没必要"读书破万卷"。但在宋代，诗坛领袖尽是大学者，比如苏轼和苏辙，这两兄弟是蜀学掌门；王安石则开创了所谓"荆公新学"，科举考试都改用新学版的教科书了。我们知道诗人写诗都是写自己熟悉的东西，所以"饥者歌其食，劳者歌其事"，那么学者也自然会"歌其学"，这是再正常不过的事情。很多人都反对那些饱含学问的诗词，但只要我们承认"饥者歌其食，劳者歌其事"是对的，就没法否定"学者歌其学"。我们之所以在后者的作品中找不到共鸣、看不出美感，更多的是因为我们的学问太浅，没法和人家沟通。

严羽如果生活在现代，一定会强调"多读书、多穷理"的一面，但他是宋朝人，针对的是当时的诗坛倾向，所以才会强调"吟咏性情"的一面。有些论者认为严羽标举性情、反对学理，这就失之偏颇了。

严羽当时指名道姓所反对的，主要就是苏轼、黄庭坚一派："至东坡、山谷始自出己意以为诗，唐人之风变矣。山谷用工尤为深刻，其后法席盛行海内，称为江西宗派。"这就是说，从苏轼、黄庭坚开始，不复唐人之风，尤其是黄庭坚，创下一个江西诗派，影响之大，蔚为壮观。严羽很不忿，说自己这部《沧浪诗话》有话直说，不怕得罪人。

这就意味着，《沧浪诗话》在当时是一部逆潮流而动的翻案之作。古往今来，多数人都讨厌翻案，一旦已经接受了什么就不愿意再改，下焉者难免对翻案之人多加诋毁，声讨他们的创作动机，以此维系自己固有知识的一贯性。现代心理学对这种现象作出过很好的研究。我们知道，曾经的异端有时也会成为后世的经典，但《沧浪诗话》不在此列。只是到了清代，王士禛对严羽的观念和方法继往开来，又成一代大宗，领了几十年的风骚。

普通读者对王士禛可能缺乏了解，他是山东人，号阮亭，别号渔洋山人，做官做到刑部尚书，是中央司法体系里的一品大员。王士禛位高望重，著作等身，在康熙朝更被推尊为诗坛正宗，谁要想出版诗集，往往会去请王士禛作序评点。这里有一个古今差异须要注意：在我们现代社会，文化圈里的名人往往是被人民群众捧出来的；而在古代，是被知识分子捧出来的。有人以为王士禛的诗歌理论之所以流行一时，是因为该理论把诗歌剥离了现实疾苦，所以被官方独尊，粉饰太平盛世，但这只是事情的一面。因为无论在古代还是在现代，都是忽悠老百姓很容易，忽悠同行很难，而古代的文化名人是在文化圈里混的，面对的都是眼里不揉沙子的同行，纯粹靠官方硬推而没有真才实学是蒙不了人的。当时的大才子袁枚把王士禛和桐城派宗主方苞并称，常州词派的大将谭献更誉王士禛为清代第一诗人，这都是来自同行专家的盛誉。

王士禛所标举的"神韵"，通俗来讲就是朦胧美，经历过20世纪80年代朦胧诗大潮的人应该都很容易理解王士禛的理论。王以为，诗歌要含蓄，要做到意在言外，意义指向不明确但要耐人琢磨，越琢磨还越有味道，用我一贯讲解诗词的话来说，就是诗歌要营造一个丰富的歧义空间。李商隐的《锦瑟》就是一个范本，所谓"沧海月明珠有泪，蓝田日暖玉生烟"，只是让人觉得美，但到底是什么意思，没人说得出来。王士禛还举了两个例子解释《沧浪诗话》里"羚羊挂角"那段话，第一例是李白的《夜泊牛渚怀古》：

牛渚西江夜，青天无片云。
登舟望秋月，空忆谢将军。

余亦能高咏，斯人不可闻。

明朝挂帆席，枫叶落纷纷。

这首诗题下有个小注："此地即谢尚闻袁宏咏史处。"是说自己怀的这段古是晋朝时在此地发生的一则佳话：袁宏在年轻的时候很穷，以运租为业，镇西将军谢尚镇守牛渚，秋夜乘月微服泛江，偶然听到袁宏在运租船上诵诗，一下子被吸引住了。随后派人去问，知道这是袁宏在吟咏自己的咏史诗，为之激赏，便邀袁宏到自己的船上，聊了一整夜，袁宏由此声名大噪，后来成为一代文宗。

人世有代谢，往来成古今。李白到了牛渚，想起先贤佳话，感而赋诗。这首诗其实并不朦胧，意思明确得很，"登舟望秋月，空忆谢将军"，是说又是一个有月色的秋夜，但谢尚还能再有吗？一个"空"字点明了自己的心态。接下来"余亦能高咏，斯人不可闻"，我也有袁宏那两下子，也到了袁宏翻身的地面儿上，但有谁来听呢，有谁来了解我、提拔我呢？想到这里，顿生落寞，于是"明朝挂帆席，枫叶落纷纷"，明天还是离开这个地方吧——李白此刻的心态就像被励志书迷昏了头的少男少女一样，不知道在思考人生的时候是不该惦记小概率事件的，如果真让他在牛渚原地再等来一个谢将军，守株就也能待到兔子了。按照《人间词话》后文的标准，李白应该算是一位"不失其赤子之心"的诗人吧。

王士禛举的第二个例子是孟浩然的《晚泊浔阳望庐山》：

挂席几千里，名山都未逢。

泊舟浔阳郭，始见香炉峰。

尝读远公传，永怀尘外踪。

东林精舍近，日暮但闻钟。

前四句说自己一路扬帆，走了几千里也没遇到名山，直到泊在浔阳才见到了传说中的香炉峰。后四句说：想起自己曾读过东晋高僧慧远的生平，他就安身在这一带的东林精舍里钻研佛法。现在我离东林精舍这么近了，但慧远前辈早已作古，只有那寺院中的钟声还在日暮时分飘荡。

王士禛举了这两首诗做例子，说明《沧浪诗话》所谓羚羊挂角、色相俱空是怎么回事，同时还说明了司空图《诗品》所谓的"不著一字，尽得风流"。其实这首诗和李商隐的《锦瑟》并非一类，它们的意思都相当明确，要说朦胧、含蓄、有余味、不着痕迹，主要都体现在结尾：一个是"明朝挂帆席，枫叶落纷纷"，一个是"东林精舍近，日暮空闻钟"。其实说透了很简单，这就是以景结情，好比中小学生写作文常爱用的一个桥段：某叔叔不声不响地做完了好事，又不声不响地走了，"雪地上留下了一行笔直的脚印"。

王士禛按照自己的诗歌主张编选过多部诗集，著名的有一部《唐贤三昧集》，"三昧"是佛家语，仍然是以禅说诗的路子。该书序言一开篇就引述了严羽"盛唐诸公，惟在兴趣"那段话，还引了司空图的"妙在酸咸之外"，说自己读开元、天宝时期的诗歌，对两位诗论前辈的名言别有会心之处，于是编了这个唐诗选本，取王维以下四十二家诗，却不选李、杜。钱钟书《谈艺录》说严羽独以神韵标榜李、杜，王士禛编选《唐贤三昧集》却弃李、杜而仅知王维、韦应物，尽失严羽原意。但钱先生恐怕误会了，因为《唐贤三昧集》自序里说过不选李、杜是"仿王介甫百家例也"——王安石编过一部《唐百家诗选》，不收李、杜之类的大名家，为的是开拓读者的视野。（不收李、杜并非特例，元好问编过一部很有名的选本《唐诗鼓吹》，也没收李、杜的诗。）

正如我在前文所说，选择即判断，判断即主观。当时有人向王士禛请教《沧浪诗话》"羚羊挂角"云云到底是什么意思，王士禛说：去看我编的《唐贤三昧集》就明白了。（谁要是有进一步的兴趣，也可以去找这部书来看。这书只作选编，不作注释和评论。）但即便把这书看完了，也还有一个问题难以解释：王士禛这个"神韵"的说法用于抒情诗倒也合适，却怎么解释叙事性和议论性的诗歌呢？

当时也有人问过这个问题，王的回答是：叙事和议论的诗另成一体，所以诗歌分为两种，写田园丘壑的应该去学陶渊明、韦应物，写铺叙感慨就该去学杜甫《北征》那样的作品。

有了对严羽和王士禛的这番了解，我们再来看看王国维是怎么说的。他在这一节里认为，严羽评论盛唐诗人的那番话同样适用于北宋以前的词人（这是对《沧浪诗话》的一种肯定）。但他随即又说，严羽所谓"兴趣"，王士禛所谓"神韵"，只点到了诗歌的表层，还是他自己提出的"境界"二字触到了根本。

王国维写《人间词话》的时候不过三十岁上下，敢于这样贬低别人、抬高自己，是需要相当程度之自信的。那么，为什么"境界"比"兴趣"和"神韵"更触到了问题本质，王国维却没作任何说明？也许这在他看来是不言而喻的，但对于读者来说，没有什么事是不言而喻的，于是这就成了《人间词话》的研究者们为之努力的对象了。但我要很遗憾地告诉大家：对这个问题，他们研究出了太多太多的结论，以至于我们很难弄清哪个结论才是对的。

研究者们的结论主要有以下几类：一是从学术演进的角度来说，认为"兴趣"和"神韵"是很模糊的概念，属于典型的传统诗论的风格，而"境界"则清晰得多，迈进了现代学术的范畴（但正如我在前文讲到的，"境界"很难说是一个清晰的概念）；二是认为"境界"包含了"神韵"，后者不过是前者当中的一类（如果王士禛复生，恐怕未必会同意这种论调）；三是"兴趣"和"神韵"只表达了诗人的主观性，"境界"则是主、客观兼顾（这话还需要进一步的界定，因为主观和客观在不同的语境、尤其是不同的美学体系里，表达着不同的意思。我们既可以说凡是诗歌都是主观的，也可以说凡是美都是客观的。再者，主、客观兼顾也不是什么创见，李渔就曾讲过词不出情、景二字，情为主，景为客）；四是反对意见，认为这三者各成一家之言，难定孰是孰非（我们也许可以想想德国古典时期的一种流行看法：如果两种意见争执不下，真理必在其中）。

我个人倾向于第五种意见，这是聂振斌从王国维一篇《古雅之在美学上之位置》找出佐证而作出的分析。王国维这篇文章的大意是：一切之美都是形式美，而形式美又必须经过其他形式来作表达，于是形式就有两种：第一形式和第二形式。第一形式是本质，第二形式是用来表达第一形式的。前文第四节讲过的"优美"和"宏壮"就是第一形式，把这两者表达给我们的就是第二形式。"古雅"就是第二形式，人们对于雕刻、书画、文学所作的品评中，所谓神、韵、气、味，大多都是就第二形式而言的。

王国维用诗歌来举例子，杜甫《羌村》的"夜阑更秉烛，相对如梦寐"和晏几道《鹧鸪天》的"今宵更把银釭照，犹恐相逢是梦中"，表达的都是一样的内容；《诗经·卫风·伯兮》的"愿言思伯，甘心首疾"和欧阳修《蝶恋花》的"衣带渐宽终不悔，为伊消得人憔悴"（这首词一般被定为柳永的作品。但从《人间词话删稿》中可知，王国维认为柳永为人轻薄，写不出这样的词来），表达的也是一样的内容。这就是说，它们的第一形式是相同的，但这两组诗句都是前者温厚，后者刻露，这是因为第二形式的不同，所谓雅俗之分便是由此而来的。

聂文就是从王国维的这篇文章出发，认为所谓神、韵、气、味这些东西都属于"古雅"的范畴，"兴趣"和"神韵"自然也在其内，都是第二形式。自然不是根本，而"优美"和"宏壮"才是第一形式。

我再用一个更简单的例子来说明一下：同样表达"多此一举"这个意思，既可以说"画蛇添足"，也可以说"脱裤子放屁"，这两个说法都是第二形式，虽然意思一样，但判然分为雅俗两途。严羽的"兴趣"和王士禛的"神韵"都和"画蛇添足"一样，是用"古雅"的第二形式表达了第一形式的"多此一举"，而王国维的"境界"就相当于"多此一举"。还可以作为佐证的就是《人间词话未刊稿》第十四节："言气质，言神韵，不如言境界。境界为本也。气质、格律、神韵，末也。有境界而三者随之矣。"这一本一末，正合于《古雅之在美学上之位置》中"第一形式"与"第二形式"之说。

附记：王士禛标举"神韵"说，有一天突然发现这个词别人早就用过，而且也是用做诗论的。他在《池北偶谈》里记述了这个发现：孔文谷说："诗以达性，但以清远为上。"薛西原论诗，只取谢灵运、王维、孟浩然、韦应物，说"白云抱幽石，绿筱媚清涟"，是为清；"表灵物莫赏，蕴真谁为传"，是为远；"何必丝与竹，山水有清音。景昃鸣禽集，水木湛清华"，清、远兼备。归根结底，这些诗句的妙处就在于神韵。

十

太白纯以气象胜。"西风残照，汉家陵阙"，寥寥八字，遂关千古登临之口。后世惟范文正之《渔家傲》，夏英公之《喜迁莺》，差足继武，然气象已不逮矣。

李白的作品到底在哪里高于别人呢？王国维的结论是：在"气象"上。

上一节里我们见过"气象"这个词——严羽在《沧浪诗话》归纳诗的五要素，第三点就是"气象"。

"气象"是传统文论的常用词。范德机《木天禁语》专门有"气象"一条，作了十种细分：翰苑、辇毂、山林、出世、神仙、江湖等等。又说诗人的"气象"就像字画，长短肥瘦清浊雅俗都是人性的流露。这样看来，我们大略可以把"气象"理解为"气质"。一个人有一个人的气质，一个时代也有一个时代的气质。反映在作品上，不同时代的作品、不同作者的作品，各有各的气质。严羽《沧浪诗话》对照唐宋两代，说唐朝人和我们宋朝人的诗，不必说谁工谁拙，在根子上就是"气象"不同。

宋代把"气象"作为诗词理念的，是被冯煦誉为"北宋倚声家之初祖"的晏殊。晏殊在太平时代做着太平宰相，一生基本上顺风顺水，"愁"字对他来说成了一种具有审美趣味的奢侈品，所谓"富贵闲愁"是也。他所谓的"气象"，实际指的就是富贵气象。宋人笔记里记载，晏殊曾读李庆的《富贵曲》，见其中有"轴装曲谱金书字，术记花名玉篆碑"，又是金又是玉的，于是不屑地评论说："真是一副乞丐相，写这种句子的人一定没真富贵过。"那么，晏殊这个位高权重、真正生活在富贵中的人又怎么抒写富贵呢？很简单，他从不写什么金玉锦绣，只把握住富贵的"气象"，比如"楼台侧畔杨花过，帘幕中间燕子飞"，再如"梨花院落融融月，柳絮池塘淡淡风"。晏殊拿这几句诗做例子说："穷人家能有这般景象吗？"

穷人家不但没有这般景象，就算有，也都在蝇营狗苟地操心着生计，没有这份闲心。这般景象加上这份闲心，就是富贵气象。在这简简单单的杨花、燕子、月光和微风的背后，呼之欲出的是权势、财富和品位。

这就是晏殊的"气象"，散淡闲适的背后是富贵逼人，旁人很难模仿。而李白的作品又如何胜在"气象"呢？王国维举了一个例子："'西风残照，汉家陵阙'，寥寥八字，遂关千古登临之口。"说李白这寥寥八个字就把登高咏怀这一类型写到极致了，后人再如何登临、如何咏怀，也不可能超过这八个字了。

如此厉害的八个字，出自一首《忆秦娥》：

箫声咽。秦娥梦断秦楼月。秦楼月。年年柳色，灞桥伤别。
乐游原上清秋节。咸阳古道音尘绝。音尘绝。西风残照，汉家陵阙。

这首词到底是不是李白作的，争议很大。但理性的考据是一回事，在感情上，人们更愿意相信这是李白的作品。而且这样讲并不全是感情用事，吴梅说"太白之词，实冠古今，绝非后人可以伪托"，这个判断依据其实就是从我们这节所要讲的"气象"来的。也就是说，吴梅在这首词里感受到了李白特有的气质，认为这不是别人能冒充的，就像阿猫阿狗扮成伟人，就算可以形似，但绝对做不到神似。

当然，这样的论断很有感染力，却没有多大的说服力，今天被影视作品包围的我们恐怕更难相信这样的推论（这太低估演员的能力了）。况且，我们也可以用同样的方式来作反驳：这首《忆秦娥》虽然胜在气象，颇有太白风韵，却多了几分苍凉，少了几分轻狂与乐观，所以不会是李白写的。

我们不必深究考据，且看这首《忆秦娥》究竟好在哪里？词虽短小简单，误读却不少。最常见也是最容易陷入的误读就是因"西风残照，汉家陵阙"而把它当做了怀古词，事实上这是一首闺怨词——无论它是否别有寄托，但体裁上就是闺怨。

"箫声咽。秦娥梦断秦楼月"，这是用萧史、弄玉夫妇吹箫引凤的典故，暗示着曾经的两情相悦、如胶似漆。但如今箫声已咽，只有多情女子孤单一人，梦断时只有月亮相伴。"秦娥梦断秦楼月"，对这句话张祖望说得最好，这是一句"艳语"。那么，爱人何在呢？下文给出交代，"年年柳色，灞桥伤别"，每年都是聚少离多。

词牌叫《忆秦娥》，整首词的内容都围绕着秦地，也就是当时的都城长安一带。长安附近有灞水，跨水为桥，是为灞桥，河岸有柳树。从汉朝时，凡是东出函谷关、潼关，都从这边出发，亲友们也在这里折柳送别（"柳"谐音"留"），于是传为风俗，这就是词中所谓的"年年柳色，灞桥伤别"。

下片起头"乐游原上清秋节"，是说女主角在某个秋日登上了乐游原。"清秋节"有注本说是清明节，这是不对的，因为和后文的"西风"无法呼应。乐游原是汉代的一处苑囿，在唐朝成为长安人士最佳的休闲场所。那里地势较高，可以俯瞰长安城和汉朝留下的陵墓与宫殿遗迹。女主角在乐游原上远眺，自然是希望爱人能够早日回来，但看到的只是"咸阳古道音尘绝"，至此而视线再向远推，视角继续扩大，以一幅"西风残照，汉家陵阙"的苍凉画面而结束。

各家注本、评本解说最后这句"西风残照，汉家陵阙"，有说叹息古道之不复，哀悼安史之乱，有说伤今怀古、托兴深远的，总是在咏史的方向上做文章。的确，这首词单看遣词造句，是很像咏史词，但不是我存心标新立异，其实我们只要把意思读通，就会知道它实在是闺怨词。把闺怨词写成这种味道确实很不简单，也很不传统，所以很容易让人误解。但既然是闺怨词，我们就应该从闺怨主题上去寻找解释——"西风残照，汉家陵阙"对应的是"秦楼月。年年柳色，灞桥伤别"，是对后者的一层递进，传达的情绪是韶华容易去，岁月催人老。女主角在孤单的思念中越发抗拒不了岁月那不可抗拒的力量，越发地容易老去了。大家还可以联系一下第四节的内容，"西风残照，汉家陵阙"在这里不正类同于惊涛骇浪、雷鸣电闪吗？代表着巨大的、无可抗拒的自然力，震慑人心，而人心终于"由动之静"，生出"宏壮"之感，也就是康德所谓的美学上的"崇高"。

这首词自古以来备受推崇，宋代邵博回忆过自己的一段经历：他曾在与这首《忆秦娥》同样的场景下（同样是秋天，同样是黄昏，也在同样的地点），在咸阳宝钗楼上设宴为人送别，只见汉代陵墓正在一派残阳晚照之下，此时有人唱起这首词，满座凄然，不忍卒听。

我们已经不知道这首词应该怎样来唱了，但仅仅读起来，就会认可清代诗论家陈廷焯的评语，他说这首词音调凄断，令人茫茫然百感交集。

声音和语义应该是融合无间的。我们回顾一下《沧浪诗话》提出的诗歌五要素，第五项就是"音节"，也就是说诗歌要有抑扬顿挫的音乐美。唐圭璋曾经点出，这首《忆秦娥》在音乐美上有两个字最耐寻味，一个是"灞桥伤别"的"灞"，一个是"汉家陵阙"的"汉"，都是去声字，"读之最为警动"。这是因为在声调当中，去声是最响亮的，所以在一句领头的时候往往以去声字发调。在词里边，这样的例子很多。比如柳永的"渐关河冷落，霜风凄紧，残照当楼"，一个"渐"字带出三个短句。现在我们虽然不知道词应该怎么唱了，但仅仅从这些文字声调上的讲究也能感受到很多的音乐之美。

王国维论过李白这首《忆秦娥》，接下来讲"后世唯范文正之《渔家傲》，夏英公之《喜迁莺》，差足继武，然气象已不逮矣"。说李白之后能和"西风残照，汉家陵阙"有一比的，勉强能算范仲淹的《渔家傲》和夏竦的《喜迁莺》，但"气象"都不如李白。

我们来看一下范、夏这两首词是怎么写的。范仲淹的《渔家傲》是：

塞下秋来风景异，衡阳雁去无留意。四面边声连角起。千嶂里，长烟落日孤城闭。

浊酒一杯家万里，燕然未勒归无计。羌管悠悠霜满地。人不寐，将军白发征夫泪。

范仲淹是北宋名臣，一生事业以庆历新政和守边知名；文章留下《岳阳楼记》传诵千古；学问上开宋学之先河，以治《易》闻名当世；词虽然写得不多，《全宋词》仅存五首，却都是传世精品，而且在词史上占有革故鼎新的特殊地位。

范仲淹这五首词，在词牌之下都有词题，当下这首《渔家傲》的词题就是"秋思"。别看小小的一个词题，在词史上可谓有着划时代的意义：这一来意味着词的内容更加私人化了，二来意味着词从五代《花间》传统士大夫化了，开了苏轼"以诗为词"的先声。对于这些内容，王国维在《人间词话》后文还有评述，我们也留到后文再说。现在先讲讲这首《渔家傲》。

"塞下秋来风景异"，点明这是边塞背景，只这一步，就是词史上的一次革命。"塞下"就是边塞，我们在诗词里也会常常看到"塞上"，也指边塞。"塞上"和"塞下"都是一个意思。这句是说，边塞的秋天，风景异于内地。天冷了，大雁要南飞了，于是"衡阳雁去无留意"。"无留意"三个字用得极好，暗示了这样一条信息：这个地方不是人待的。

衡阳就是今天的湖南衡阳，传说那里有一座回雁峰，是北雁南飞的终点。大雁飞走了，边塞之地更嫌孤寂，"四面边声连角起"，只有边声和角声不绝地响着。"边声"是指边塞特有的声音，出自李陵的《答苏武书》："侧耳远听，胡笳互动，牧马悲鸣，吟啸成群，边声四起。晨坐听之，不觉泪下。"在《答苏武书》之后，"边声"就多了一层含义，人们读到这个词，就会想起李陵的这几句来，想到去国怀乡的那种感觉，想到"晨坐听之，不觉泪下"。后人不断地在这个引申义的基础上使用这个词，这个词也就变成了诗歌套语。我在讲纳兰词的时候常常说到的诗歌套语，就是这样一个词、一个词地逐渐形成了一个特殊的诗歌语言体系的。

听到边声不绝，思乡之情益重，这时候自然而然回望乡关，却只见到"千嶂里，长烟落日孤城闭"，群山远隔，军令森严，家是回不去的。"千嶂"是指层峦叠嶂，"长烟"不是火形成的烟，而是长云。这句写得非常绝望，先是"千嶂里"，群山阻隔归路；再是"长烟落日"，不是出行的时辰；最后"孤城闭"，一座孤零零的边城，城门紧闭，不容许自己回乡。（从历史上看，当时的边疆形势确实非常紧张。）

乡愁无法排解，只有借酒浇愁，于是"浊酒一杯家万里"。到底什么时候才能回乡呢？答案是"燕然未勒归无计"，只有等敌人被打败了，自己才能回乡（这里用的是后汉车骑将军窦宪击败北匈奴之后，登燕然山勒石记功而还的典故）。结尾"羌管悠悠霜满地。人不寐，将军白发征夫泪"，把将军和征夫并列来讲，意味着这边塞之苦不仅是个人之苦，更是国事的忧劳，词的情绪一下子就从悲凉上升到悲壮了。

魏泰《东轩笔录》里有一则有趣的记载：范仲淹守边的时候，作了好几首《渔家傲》，都以"塞下秋来"开头，抒写边镇的劳苦，欧阳修称之为"穷塞主之词"。后来又有一位高官外出守边，欧阳修便也作了一首《渔家傲》相送，词中有"战胜归来飞捷奏，倾贺酒，玉阶遥献南山寿"，并说道："此真元帅之事也。"

欧阳修这首词没传下来，我们仅从这几句来看，实在看不出什么艺术水平，不过是一派官场话。但事要两说，看欧阳修的意思，强调的是词的创作应该合乎身份和环境，如果你在艺术圈，自然可以追求艺术效果，但如果你是国家大臣、一方元帅，写出那么悲悲切切的东西来就是不合适的。官场的话和诗人的话各有各的适用范围，其间的疆界是不能被打破的。我们看王国维的《人间词话》，完全是站在艺术角度来评判古今，但我们也该清楚，在有些地方，艺术标准并不完全适用，接下来要讲的这首夏竦的《喜迁莺》就是这样一个例子。

夏竦也是一位北宋宰相，封英国公，所以《人间词话》称他为夏英公。夏竦恰好是范仲淹的政敌，一些力捧范仲淹的传统知识分子往往斥夏竦为大奸大恶之徒。道德问题我们暂不评论，但必须承认的是，夏竦可谓官场人物的一个典型，很会做官，就连艺术眼光也是官场化的。有个故事说宋庠、宋祁两兄弟（宋祁的"红杏枝头春意闹"恰在第七节讲过）在踏入仕途之前就得到时任知州的夏竦的器重。夏竦善于看人，一次以"落花"为题让二宋作诗。宋庠诗中有一联"汉皋佩解临江失，金谷楼危到地香"，第一句用汉水遇仙的典故，把落花比为仙女赠给的玉佩忽然消失；第二句用石崇的宠妾绿珠跳楼自杀的典故，把落花比为美女跳楼。宋祁诗里有一联"将飞更作回风舞，已落犹成半面妆"，第一句套用李贺的"落花起作回风舞";第二句用《南史》故事:梁元帝一只眼睛失明,徐妃化妆只化半边脸,故意气他。二宋的诗谁的更好呢?如果请王国维来看,对两首都不会说好,如果硬要比个高低的话,宋祁应该胜过宋庠(道理何在,《人间词话》后文会讲)。但夏竦不是搞文艺评论的,他要用官场的视角来看,所以更加赞赏宋庠的诗,说他咏落花而不言其落,有状元和宰相之望,后来果如其言。

这个故事难免有夸大之处,但它反映了两个问题:一是前文第十节讲到的"气象"。一个人的作品是带着自家气质的,观其文,基本就可以知其人。如果你仔细观察某位领导的发言,基本就可以了解他的秘书(这只是就气质和一般情况而言);二是诗词越来越有实用性,被越来越广泛地应用在社会生活的方方面面,所以有时候我们应该以社会学的眼光考量之,而不是仅仅把它们视为艺术创作。

夏竦的《喜迁莺》就是一篇应用文,完全不是来自于敏感的艺术心灵的创作冲动。那是一个早秋时节,皇帝正在宫里歌舞升平,派人去找夏竦,让他填一首词来。这正是臣子向皇帝展现才华、溜须拍马的大好时机,夏竦在问清了皇帝正在做什么之后,立时抖擞精神,填了这首《喜迁莺》:

> 霞散绮,月垂钩。帘卷未央楼。夜凉河汉截天流,宫阙锁清秋。
> 瑶阶曙,金茎露。凤髓香盘烟雾。三千珠翠拥宸游,水殿按凉州。

这首词可谓写尽了皇家气象。上片"夜凉河汉截天流"便极有气魄,下片"三千珠翠拥宸游,水殿按凉州"更以人间之壮观映衬天上之壮观,成功地取悦了皇帝。("宸游"指皇帝出游;"凉州"是曲调名。)

但我们读这首词,会觉得夏竦是不是太夸张了呢?皇帝只是在宫中游玩而已,能有"三千珠翠"簇拥着吗,真有这么大的阵势?——夏竦就算有些夸张,也夸张得并不离谱。宋朝不管在外怎样受欺负,在内总是歌舞升平的。加之皇帝的文化素养普遍很高,对所谓雅兴自然也更讲究,搞起文艺晚会来,不但规模大,而且很频繁。王珪《华阳集》记载宫廷歌舞之盛,有"夜深翠辇归金殿,十里回廊锦帐开",何等壮观。

这样一搞，自然需要更多的曲子和更多的诗词，于是才有所谓"太常备奏三千曲，学士争吟应诏诗"。夏竦写《喜迁莺》只是"学士争吟应诏诗"这个大背景之下的小小一幕而已，晏殊"富贵气象"的文艺主张也只是这个大背景之下的应运而生之物。宋词里留下了大量的《喜迁莺》这样的应诏诗，这才是当时的主旋律。如果我们追求艺术，对这一大篇幅基本可以置之不理，但要想了解宋代社会，这都是很好的材料。

士大夫们争相应诏填词，乐此不疲，除了出于现实的利害关系之外，大家一般也不觉得如此歌功颂德、粉饰太平有多么可耻。这正是诗和词在思想观念上的一大分野之处。写诗要言志，要抒怀，有立言，要有感而发，要忧国忧民；填词却可以大大方方地歌舞升平。清代词坛"浙派"领袖朱彝尊（更是当时学界、文坛的双料泰斗，和前文介绍过的王士禛并称为"南朱北王"）讲过这样一段话：韩愈说过"欢愉之言难工，愁苦之言易好"，的确说到了诗歌的点子上。但词可不是这样，能把欢愉之词写得好的能占十分之九，把愁苦之词写得好的不过占到十分之一。所以说，天下越不太平，诗就越好，词则适合于宴嬉逸乐、歌咏太平，所以士大夫们对诗和词是并存而不偏废的。（《紫云词序》）

如此说来，夏竦的《喜迁莺》正在那十分之九里，范仲淹的《渔家傲》和李白的《忆秦娥》则在那十分之一里。这里引朱彝尊的这番意见，是要着重指出词的这种特殊性，我们不要拿惯常的对诗的态度来苛求它。

现在我们把这三首词放在一起来看，为什么比之李词，范词和夏词都"气象已不逮矣"呢？对这个问题，研究者们提出过不少解释，如认为"三千珠翠"带了脂粉气，落了下乘；"四面边声"是个封闭空间，不及"西风残照，汉家陵阙"开阔远大。我以为这些原因都是成立的，但并不是核心，而核心的差异只有一点：这三首词都是从一时、一地、一事写起，而范词归结到"人不寐，将军白发征夫泪"，夏词归结到"三千珠翠拥宸游，水殿按凉州"，仍不脱一时、一地、一事，李词则归结到"西风残照，汉家陵阙"，超越了一时、一地、一事的限制。也正是基于这个原因，所以人们很容易认为范词是边塞词，夏词是应诏词，却疏忽了李词其实是一首闺怨词。

同样的例子我们来看宋代诗僧仲殊的一首很有名的《诉衷情·寒食》：

> 涌金门外小瀛洲，寒食更风流。红船满湖歌吹，花外有高楼。
> 晴日暖，淡烟浮，恣嬉游。三千粉黛，十二阑干，一片云头。

这是在写杭州的一次寒食节，西湖上有满湖的红船，满湖的歌吹。最后的三句也是神来之笔："三千粉黛，十二阑干，一片云头"，仿佛是电影镜头的用法，从近景三千粉黛收到中景的十二阑干，再收到远景的一片云头。数字递减，视野渐远，层次分明，造成了余音绕梁的感觉。对照李白《忆秦娥》逐渐把视野推到了"西风残照，汉家陵阙"，颇有同工之妙。

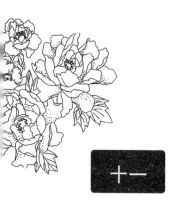

十一

张皋文谓：飞卿之词"深美闳约"。余谓：此四字唯冯正中足以当之。刘融斋谓："飞卿精艳[妙]绝人"，差近之耳。

这一节提到两位词论家：张皋文和刘融斋，还提到两位词家：温飞卿和冯正中。

温飞卿即温庭筠，字飞卿，在诗歌上与李商隐齐名，人称"温李"，在词的领域则是开一代风气之先的人物；冯正中即冯延巳，字正中，南唐中主李璟时的宰相，以词名世，极为王国维所推崇。

张皋文即张惠言，字皋文；刘融斋即刘熙载，号融斋。这两位都是清代学者，而且在词论领域里是王国维的前辈。开拓新路总会从批判前辈开始，王国维也不例外。

这一节的焦点在于对温庭筠词作的评价。张惠言的评价是"深美闳约"，王国维觉得这四个字用来说冯延巳倒还合适，对温庭筠实在过誉了；刘熙载的评价是"精妙绝人"，王国维觉得这还差不多。

对一个诗人的作品如何评价，反映的是评价者的审美取向。《人间词话》的后文还会对温庭筠、冯延巳作出很多议论，所以这里有必要先把他们的人和词简单介绍一下。

1. 温庭筠

在中国的正统观念里，温庭筠是"文人无行"的一个典范，才高而德薄，自负而放浪，就算我们可以赏其文，但也一定要做到薄其人。令许多人感到宽慰的是，温庭筠"无行"的一面终于害了自己，没能在仕途上有所发展。否则的话，晚唐史上也许又多了一个奸臣。

温庭筠是太原人（实际出生地应在江南），年轻时便以诗赋名世。他到京城参加科举考试，很受文人推重，但他性格不大沉稳，比较贪玩，整天呼朋唤友，喝酒唱歌，所以考试从来没考好过。

我们知道，贪玩和学业不一定完全冲突，尤其是温庭筠这样的大才子，就算再怎么贪玩放浪，诗赋水平也是当世翘楚。但唐朝的科举和宋以后不同，录取的主观随意性相当大，尤其是还没有实行糊名制度，考生的姓名赫然就写在考卷上，所以印象分非常重要。推想温庭筠为什么落第，这恐怕才是主要原因。尤其是温庭筠才思敏捷，考写诗的时候经常给邻桌的考生捉刀，号称"日救数人"。应考的诗一共八韵，他又八次手就能写成，所以人称"温八叉"。唐宣宗曾经赋诗，上句中有"金步摇"，下句想不出合适的词来对仗，就安排落第举子来对，温庭筠对以"玉条脱"，颇受宣宗赞赏。（"金步摇"和"玉条脱"都是女子的饰物，前者是戴在头上的，以金珠点缀，走一步就摇两下，所以叫"金步摇"，白居易《长恨歌》有"云鬓花颜金步摇"，说的就是这个东西；"玉条脱"类似手镯，套在胳膊上，呈螺旋状，两端可松可紧。）

这就算在皇帝那里得到了一个很好的印象分，但好景不长。唐宣宗喜欢微服出游，有一次在旅店里遇到了已经做了官的温庭筠。温才子没能从微服之中看出帝王气象，出口颇为不逊，说："你也就是个司马、长史之流吧？"（司马和长史一般是市级领导的助手，这种位置经常被用来安置闲人，白居易就被贬过江州司马，所以《琵琶行》中说"江州司马青衫湿"。）唐宣宗说："不是。"温庭筠口气更狂傲气人："那你就是六参、簿、尉之类了？"（又把皇帝贬到县级以下了。）唐宣宗回去之后，下了一道诏书，说孔门以德行为先，文章为末，你温庭筠品德这么差，文章再好又有什么用？结果把温庭筠贬为方程县尉，温才子的政治前途就这样彻底断送了。

以上说法来自孙光宪的《北梦琐言》，和两《唐书》颇有出入。但事件叙述虽然有异，对人物形象的塑造却差不多，所以大家也不必追究史料上的细节考据，只要对温庭筠能得其神就可以了。

五代时期，后蜀赵崇祚编纂了著名的《花间集》，是为中国历史上的第一部词选。虽然1900年在敦煌发现了《云谣集》，夺去了前者"第一"的名号，但以历史影响力而言，《花间集》的"第一"仍然是当之无愧的。《花间集》收录了晚唐至五代十八位作家的五百首词，但不是为了传世，而是作为歌伎和伶人们的标准歌本，相当于现在编一部《卡拉OK最受欢迎的500首歌》。这就意味着词作为一种文体，在初现的时候和"言志"的诗完全不在一个层面——潜心写诗的人是受人尊重的，潜心填词的人却要被世人另眼相看。整个唐代唯一的一个潜心填词的人，就是温庭筠。他的词被大量收录在《花间集》里，在无数个纸醉金迷的宴会上被无数名歌女传唱。

温庭筠可谓花间词的主将，在词史上有奠定词体之功。但现今出版的词选对温庭筠和花间词已经不大重视了，一般只有很少的收录，仅仅作为一个类型让读者了解一下。诗词爱好者们也很少有喜欢花间词的，甚至很多人根本背不出温庭筠的任何一首作品。这就对理解《人间词话》造成了一种障碍，因为《人间词话》对花间派是有针对的。——人们著书立说，往往针对自己的时代，王国维也不例外。清朝人把《花间集》捧到了一个相当的高度，比如我们非常熟悉的纳兰性德，他就以《花间集》为师，甚至把自己的书房命名为"花间草堂"，取意于《花间集》和南宋的《草堂诗余》。

现在的诗词选本里，一般都会选录一首《菩萨蛮》（小山重叠金明灭），所以我这里就以这首大家相对更熟悉的词作来管窥一下温才子的风格：

小山重叠金明灭，鬓云欲度香腮雪。懒起画蛾眉，弄妆梳洗迟。
照花前后镜，花面交相映。新贴绣罗襦，双双金鹧鸪。

这首词的内容，仅从字面理解的话就是一幅仕女图，这不但可以代表温庭筠的风格，甚至可以代表整部《花间集》的风格。俞平伯在论《清真词》的时候作过一个对比，说《花间集》里的美女都像仕女图，《清真词》中的美女却像是活的。

"小山重叠金明灭"，"小山"不是真山，而是屏山，大约是一种屏风，放在枕头附近，睡觉的时候挡风用。屏风曲折蜿蜒，是为"小山重叠"。"金明灭"是说阳光洒在屏风上，金丝银线编织的图案闪烁着光影。

"鬓云欲度香腮雪"，"鬓云"形容一觉醒来后睡乱了的头发，这句是说头发掩住了又香又白的脸颊。这两句乍看之下很难明白，总要让人多费一番琢磨。

"懒起画蛾眉，弄妆梳洗迟"，一"懒"一"迟"是全词的关键。这是说太阳出来了，女主角起床了，但起得很慵懒，很不情愿；起床后的第一件事就是梳洗打扮，女人对这应该很上心才对，但她似乎没了心情，拖拖拉拉的，半天也没弄好——这就可以引发我们的很多联想：她为什么这样违反常态呢？女为悦己者容，一定是感情生活遇到挫折了吧？

引发了读者的这些疑惑之后，温庭筠本该在词的下片给出解答，但他全然没有解答，而是把白描风格进行到底。"照花前后镜，花面交相映"，女子梳妆的时候，面前是梳妆台的大镜子，手里还要拿一面小镜子（如果是大户人家的小姐，就会让侍女来拿这面小镜子），照前照后，搔首弄姿，于是人面如花，花面映人，生出了一种朦胧之美。

"新贴绣罗襦，双双金鹧鸪"，"襦"是短衣，这句可以作两种解释：一是说女主角梳妆已毕，看到自己衣服上一双金鹧鸪的图案；二是以作者的视角来描写女主角衣服上的图案。这句话到底要说明什么呢？稍一疏忽就很容易不得其解。有人认为这是在以层层递进的手法极度渲染女主角衣服的华美，这的确指出了温庭筠特有的修辞风格。但在词意上，其实最后这两句是要和上片的"懒起画蛾眉，弄妆梳洗迟"作呼应的，如此则全词豁然贯通。上片说"懒"，说"迟"，女主角恹恹然没了梳妆的兴趣，读者至此已生疑问，最后两句"新贴绣罗襦，双双金鹧鸪"其实是凿实了这个疑问：女主角确实遭受了感情挫折，打扮得再漂亮也没人欣赏，于是失去了打扮的动力，弄妆梳洗只如例行公事一般，却忽然看到衣服上绣着的"双双金鹧鸪"——这里正是以鹧鸪之成双来映衬女主角的孤单。

这种手法我们还可以找来其他例子，比如唐代崔国辅的《湖南曲》："湖南送君去，湖北送君归。湖里鸳鸯鸟，双双他自飞。"

至此我们就可以凿实温庭筠这首《菩萨蛮》的主题：闺怨。而且我们也可以体会到温庭筠特有的风格：看似白描，其实藏着剧情；看似堆砌辞藻、极度渲染华美的画面，其实是有含义的。但因为这个剧情和含义藏得颇深，所以很容易就会被读者忽略过去，就连王国维也相当轻率地以温词中的一句"画屏金鹧鸪"给温庭筠的作品定性。殊不知要读温词就像喝功夫茶，是须要下慢功来细细赏玩的。

2. 张惠言

我这样作讲解，自以为已经在抬高温词在世人心中的地位了，但如果退到清朝，让张惠言听到我的这些话，一定会觉得我大大小看了温庭筠。我们很难想象，张惠言把温庭筠抬到了和屈原一样的高度。所以我们也要注意到，王国维在《人间词话》里反驳张惠言，有些矫枉而失之于过正，把温庭筠又评价得过低了，我们可不要以为温庭筠的水平真就那么低。

张惠言这个名字，对于初级的诗词爱好者来说也许比较陌生，但在诗词方面，在有清一代实为卓然大家。他的词作、尤其是词论，开辟出了一个常州词派，影响极其远大。说到词派，这里顺便更正很多初级诗词爱好者认识里的一个误区：我们最熟悉的所谓婉约派和豪放派其实只是形容两种风格，并不是真正意义上的创作流派。而我这里谈到的常州词派才算是一种真正的艺术流派，因为这些作者有着共同的创作宗旨，相互之间同声相应、同气相求，掀起很大一股声势。

清代之词，号为中兴，盛况直追两宋。我们现在之所以只说"唐诗宋词"而不及清，原因很多，但单就水准而论，清词至少不逊于宋词，佳处甚至犹有过之。而在词学理论上的建设，清代无可争议地处于中国历史的最高峰，这和当世总体的学术环境很有关系。现在一般人说起清代学术，往往只知道文字狱和训诂考据，这些因素虽然都有，但绝非时代全貌。学者们在这个问题上已经有了很多崭新的进展，只是还没有普及而已。当然这个话题不是我这里要讨论的，只说清代的词家和词学理论家。前文介绍过的王士禛和朱彝尊时称"南朱北王"，各自兼有学术泰斗、文坛领袖和政坛要人这三重身份，论起词来，视野自然和柳永、姜夔这些职业词人不同。而张惠言也有类似的情况，他在清代首先是以学术知名的，是一位易学大师，专攻虞氏易，有一些很重要的著作，而他的词学理论正是从易学理论里衍生出来的。

中国有两门特殊的学问，不论你怎么说都对，也不论你怎么说都错，这就是佛学和易学。现在也还是这样，如果你以一个普通 ID 的身份在相关论坛上抛出无论怎样一个观点，很快就会有人气急败坏地说你误解先贤、妄造口业、误人子弟云云。别说你我，就算是佛学大师、易学大师，只要以普通 ID 的身份来发言，肯定也会有同样的遭遇。但这样的学问也自有其好处，那就是无限的开放性。有了无限的开放性，也就有了无限的解释力。张惠言的词学理论，其根基其实就是这么来的，归根结底就是东汉孟氏易（虞氏易本于孟氏易）的一句话："意内而言外谓之词。"

此词并非彼词，但这已经不重要了，张惠言偷梁换柱，提出了填词的一个基本要领：意在言外。这句话在我们看来并不怎么稀奇，实则它的背后有一套易学体系。在易学的大流派中，专攻占筮的称为象数派。所谓象数，其实还要分为象、数两途：象即观象，数即术数，完全不是一回事。简单来说，术数偏重运算，观象偏于联想。我们从《左传》和《国语》这些文献记载中最早的卜卦案例来看，当时的人用《周易》来卜卦，并没有讲那些复杂的爻位变化和五行、纳甲什么的，和现在那些易学大仙们的方法截然不同，他们几乎完全是从卦象上生发联想，主观性、随意性很大。对同样一个卦，不同的人就解释出不同的意思来。比如我卜出一个震卦，震象征雷，象征车，象征很多类似的能发出巨大声响的东西，然后从这些形象上尽情联想，预测将来的命运。这就是所谓观象取意。

张惠言在一篇论赋的文章里提出，语言文字就相当于《周易》的象，和易象蕴藏深刻的寓意一样，语言文字也要蕴藏有深刻的寓意。那么，填词也是一样的道理，所谓意在言外，关键就是说一首词的意思不是由字面的具体指向形成的，而是由联想形成的。这样饱含深刻寄托的词，才可以说继承了《诗经·国风》和《离骚》的传统。读书人只要明白了这一点，就可以大大方方地去填出好词，与诗、赋争辉了。

张惠言的这套理论看似颇具野心，其实他当时既没想过立一家之言，更不是为了开宗立派。那是嘉庆二年（1797 年），张惠言和弟弟张琦同被经学家金榜聘为家庭教师，金家子弟有填词的兴趣，张家兄弟就编选了一部《词选》当做课本。张惠言的词学思想主要就见于这部《词选》的简短序言、对作品的取舍和评语。直到几十年后的道光年间，周济等人再掀波澜，这才有常州词派鼎盛一时。

张惠言称赞温庭筠词的"深美闳约"就出自这部《词选》的序言。他说唐代以来，词人以李白为首，其后有王建、白居易、刘禹锡等人，各有述造，而温庭筠最高，"其言深美闳约"。而五代时候，后蜀、南唐，君臣戏谑，竞相创作新调，开启了词的杂流，而其中最好的作品往往绝伦，这是因为五代距离唐朝最近的缘故。

《词选》收录了温庭筠的十四首《菩萨蛮》，"小山重叠金明灭"那首列为第一。张惠言在这里果然发挥了取象观意、寻找寄托的观念，把这十四首当做一个组诗来讲，并且找出了其中隐含着的深远寄托。

单说在这一"组诗"中领头的"小山重叠金明灭"这首，张惠言说它的主旨是"感士不遇"，结构上模仿《长门赋》，下片"照花前后镜"那四句是"《离骚》初服之意"。

《长门赋》据说是汉武帝的皇后陈阿娇被冷落在长门宫，花重金请司马相如所写，希望通过这篇赋使汉武帝回心转意。这种男女关系和君臣关系很有共通之处，所以那些得不到重用而心有不甘的知识分子们便会用这个典故来形容自己。比如辛弃疾的词里有"千金纵买相如赋，脉脉此情谁诉"，这是说纵然花重金买来了《长门赋》，也没机会读给皇帝听。

"《离骚》初服之意"，《离骚》当中有两句是"进不入以离尤兮，退将复修吾初服"，大意是说我很想向君王尽忠，但君王不肯接纳，我生怕这样下去会招惹祸端，于是整理我初来时的衣服全身而退。后人用到这个典故，一般是指士人归隐或僧尼还俗。

张惠言是如何读出这个意思的呢？我们再来看看温词：上片的"懒起画蛾眉，弄妆梳洗迟"是说女主角懒于梳妆，暗示着君子虽有尽忠之心，却不被接纳，于是心灰意冷，萌生退意；下片的"新贴绣罗襦，双双金鹧鸪"，正是这个意象让张惠言联想到了《离骚》中的"进不入以离尤兮，退将复修吾初服"，既然君子已经心灰意冷、萌生退意，也就自然而然地收拾行装，准备归隐了。

张惠言如此解释，虽然很可能犯了求之过深的错误，但也大有合理之处：一来这确实切合温庭筠的身世，可谓知人论世；二来这个解释即便不合于作者的原意，但它全然是自洽的——这是极难得的一点。要知道，无论是对诗词，还是对其他传统经典，在这世上充斥着许许多多五花八门的解释，但自洽的解释从来都不太多。在《人间词话未刊稿》第二十九节，王国维狠狠批评张惠言这种"深文罗织"的解读方式说：

> 固哉，皋文之为词也！飞卿《菩萨蛮》、永叔《蝶恋花》、子瞻《卜算子》，皆兴到之作，有何命意？皆被皋文深文罗织。阮亭《花草蒙拾》谓："坡公命宫磨蝎，生前为王珪、舒亶辈所苦，身后又硬受此差排。"由今观之，受差排者，独一坡公已耶？

王国维只注意到了张惠言解读过深的这一面，却没注意到他还有自洽的一面，更没注意到张惠言在文学批评的领域里迈出了革命性的一步，开启了一片远比王国维前卫的崭新天地。

张惠言对温庭筠这首《菩萨蛮》的解读，奠定了后来常州词派文学观念的基本论调：词不再是宴会欢歌、歌舞升平的小调（可以联系一下前文介绍过的朱彝尊的观点），而是和诗赋一样，是一种崇高的文学形式，有观象取意、比兴寄托之意。后来况周颐更把张惠言的观点发展了一步，说词中的寄托贵在不刻意，是词人自然的流露，甚至他在写作的时候连自己都没有意识到。

这是怎样的一种情形呢？心理学上有一个著名的例子：某先生的妻子怀孕了，他发现街上的孕妇比平日多了不少，看到大肚子的人，也首先怀疑为孕妇。这个心理学现象可以用美丽的诗歌语言来表达，就是李商隐的"一自《高唐》赋成后，楚天云雨尽堪疑"（自从宋玉写成了《高唐赋》、吟咏了巫山神女旦为朝云、暮为行雨、还曾和楚襄王幽会之后，人们再看到楚地的云和雨，心里想的可就多了）。我们还可以看看叶嘉莹在讲冯延巳作品时候的一段话："中国的小词，歌筵酒席之间歌唱的爱情的歌曲，为什么一下子就有了这么深远的含义呢？……韦庄是宰相，又出了一个冯正中，还是宰相，他们自然而然就把他们的学问怀抱跟他们国家的种种的关系都结合起来。不要说他们一定是有意，一定是比兴，一定是寄托。我们不需要这样说，而是他自然而然之间有这样的一种生活，有这样的一个地位，有这样的一个环境，不知不觉就把他心灵中一种幽隐的情思流露在里边了。"

这段话恰恰可以为况周颐作一个完美的注脚。况周颐的这个观点写在他的《蕙风词话》里，这部词话曾与《人间词话》齐名，但新文学运动之际风气所趋，落在了《人间词话》的后面，结果一步落后、步步落后，今天的诗词爱好者们很少有知道这部书的了。况周颐论寄托，还有进一步的解释："身世之感，通于性灵。即性灵，即寄托，非二物相比附也。"这是用佛家即空即色的说法来形容寄托与性灵的关系，意味着所谓寄托只是性灵的自然流露。好比一个无法遇合明主的君子，填起词来不必刻意有所寄托，天然就会把那个"《离骚》初服之意"表达出来。

况周颐并不认为温庭筠的词真有什么深刻寄托，但他摆脱了张惠言的政治视角，以艺术视角发挥了寄托观念。常州词派的大将谭献则提出了一个极著名的更为前卫的观点："作者之用心未必然，而读者之用心何必不然？"如果用现代文学批评的语言来说，这番话就意味着：一部作品在被作者创作出来之后，只是一个半成品，只有经过读者的接受才成为了一个成品。这在我们现代人看来并不新奇，因为自"接受美学"流行之后，我们早已把这种观点运用得比谭献大胆得多了，理直气壮地认为对一部作品无论怎么理解都是对的，连自洽都不再是一个必要标准了。但在当时，谭献这番话是很有革命性的，它意味着：即便温庭筠之用心未必然，而张惠言之用心何必不然。对于张惠言的反对派们，谭献作出了一个最好的辩护。

但谭献的这个意见很容易被人滥用，乃至于是非对错从此没了标准，对古代典籍也好、现代作品也罢，人人都可以理直气壮地胡乱解释。对这个问题，还得说清代研究《诗经》的大学者方玉润讲得最好：《诗经》多有言外之意，如果你能有会心一悟，自然可以贯通其中的任何篇章，但是，只有读《诗经》、学《诗经》、引《诗经》的时候才能这样，可不能这样来解释《诗经》。因为读、学、引都不妨断章取义，而解释《诗经》是要探究作者本意的。(《诗经原始》)

研究《诗经》的学者不难得出这样的结论，因为周代的人很自然地把《诗经》当做外交辞令，也就是说，搞外交的人必须熟悉《诗经》，针对不同的场合背诵不同的诗句，但背的时候只考虑诗句在字面上是否应景，并不介意断章取义。所以断章取义是中国诗歌在应用领域中的最古老的传统。但这并不意味着一首诗可以被任意解释，而是不同层面有不同的标准，清代学者魏源归结前辈的话说：《诗经》有作诗者之心，又有采诗者、编诗者之心；有说诗者之义，又有赋诗者、引诗者之义。(《诗古微》)魏源是大家都很熟悉的人，但熟悉他主要是因为《海国图志》，因为那句"师夷长技以制夷"的名言，而他生前是以经学家的身份知名的，研究《诗经》的作品就是这部《诗古微》，我在《诗经讲评》里还会提到他的。

话说回来，我们现在最常见的论调是：那么久远的作品，谁敢说自己探明了作者的本意呢？其实很简单，信者传信，疑者存疑，凡是自洽的说法即便互相矛盾也可以共存，对不自洽的说法加以排斥。即便我们还不知道正确答案，但这不妨碍我们排除错误答案。对这部《人间词话》，我用的也正是这个方法。

话说回来，依"张惠言之用心"，温庭筠的词堪称"深美闳约"。对这四个字，刘锋杰和章池有过很好的解释："'深美闳约'是辞章华丽而不失深意，境界宏大却又能简约，这代表的是一种意味蕴藉、气势不凡的境界。这与温词多写红香翠软，题材不广，体验不深正相冲突。倒是王国维用'精艳绝人'评温词，较相切合。这是承认温词的华丽艳冶，不承认温词有深情厚意。"(《人间词话解读》)

"深美闳约"这四个字，"美"和"约"是无可争议的，有争议的就是"深"和"闳"。张惠言正是基于过度的阐释才得出了这个结论，而这样一个"错误"的结论却产生了相当积极的影响：提高了词的艺术地位，使作者们从歌舞升平和淫鄙小调中走出来，写出许多"深美闳约"的作品来。

张惠言自己的词走的就是"深美闳约"的一路，他有一组《水调歌头·春日赋示杨生子掞》非常出名，这是他以父执的身份写给当时寄寓在常州的一位叫做杨绍文的年轻人的，是励志座右铭的典范：

其一

东风无一事，妆出万重花。
闲来阅遍花影，惟有月钩斜。
我有江南铁笛，要倚一枝香雪，吹彻玉城霞。
清影渺难即，飞絮满天涯。

飘然去，吾与汝，泛云槎。
东皇一笑相语：芳意在谁家？
难道春花开落，更是春风来去，便了却韶华。
花外春来路，芳草不曾遮。

其二

百年复几许？慷慨一何多！
子当为我击筑，我为子高歌。
招手海边鸥鸟，看我胸中云梦，蒂芥近如何？
楚越等闲耳，肝胆有风波。

生平事，天付与，且婆娑。
几人尘外相视，一笑醉颜酡。
看到浮云过了，又恐堂堂岁月，一掷去如梭。
劝子且秉烛，为驻好春过。

其三

疏帘卷春晓，胡蝶忽飞来。

游丝飞絮无绪，乱点碧云钗。

肠断江南春思，黏着天涯残梦，剩有首重回。

银蒜且深押，疏影任徘徊。

罗帷卷，明月入，似人开。

一尊属月起舞，流影入谁怀?

迎得一钩月到，送得三更月去，莺燕不相猜。

但莫凭栏久，重露湿苍苔。

其四

今日非昨日，明日复何如?

揭来真悔何事，不读十年书。

为问东风吹老，几度枫江兰径，千里转平芜。

寂寞斜阳外，渺渺正愁予!

千古意，君知否，只斯须。

名山料理身后，也算古人愚。

一夜庭前绿遍，三月雨中红透，天地入吾庐。

容易众芳歇，莫听子规呼。

其五

长镵白木柄，劚破一庭寒。

三枝两枝生绿，位置小窗前。

要使花颜四面，和着草心千朵，向我十分妍。

何必兰与菊，生意总欣然。

晓来风，夜来雨，晚来烟。

是他酿就春色，又断送流年。

便欲诛茅江上，只恐空林衰草，憔悴不堪怜。

歌罢且更酌，与子绕花间。

这一组"深美闳约"的《水调歌头》饱受激赏，谭献更把它誉为"开倚声家未有之境"。我们要知道，如果自己的诗文写不好，品评别人的诗文也很难评得好，就像钱钟书说的"盖不工于诗文者，注释诗文亦终隔一尘也"。(《谈艺录》)张惠言能论词，自己的词就很不错；王国维写《人间词话》，自己也有一部相当精彩的《人间词》。我们再来看看张惠言另一篇更精彩的《双双燕》：

满城社雨，又唤起无家、一年新恨。

花轻柳重，隔断红楼芳径。

旧垒谁家曾识，更生怕、主人相问。

商量多少雕檐，还是差池不定。

谁省，去年春静。

直数到今年、丝魂絮影。

前身应是、一片落红残粉。

不住呢喃交讯，又惹得、莺儿闲听。

输与池上鸳鸯，日日阑前双暝。

词牌是《双双燕》，内容恰与词牌相合，写燕子在春天飞来，寻找人家依靠。这首词语言很通俗，没有什么要解释的。只有开头的"社雨"不大为现代读者熟悉，但简单理解为春雨也就可以了。语言虽然通俗简单，却非常耐读，越读越有味道，仿佛藏着词人的层层深意、款款心曲，却又无法一一凿实。这就是常州词派讲的意在言外、比兴寄托之道。我们讲艺术作品所谓的"深度"，其实就体现在这里。"深度"不是深刻，而是形容一件作品耐人寻味、越嚼越有味道。之所以能有这种效果，就是因为意在言外和比兴寄托营造出了一个似实还虚、即实即虚的歧义空间，作品的内涵就是这样"丰富"起来的。张惠言的这首《双双燕》就是很好的一个例子，这样的作品就当得起"深美闳约"四个字。

这样的作品很难被人民群众接受。因为它既不像"问君能有几多愁，恰似一江春水向东流"那样一目了然，也不像"沧海月明珠有泪，蓝田日暖玉生烟"那样靠美丽的语汇营造出意象派的朦胧美。凡是要让群众动脑子的，注定会失败。"深美闳约"的另一层意思就是阳春白雪，只能属于小众。

3. 冯延巳

在王国维那里，当得起"深美闳约"的是五代时期的词家冯延巳。前边讲温庭筠的时候说过，他在传统观念中是文人无行的典范，幸好没能在仕途上有所发展，否则的话，晚唐史上也许又会多了一个奸臣。那么我们不妨设想一下，如果温庭筠受到器重，做到宰相，会是什么样子呢？应该就是冯延巳的样子，冯延巳就是大才子兼大奸臣，至少传统上是这么认为的。

冯延巳生于扬州，父亲在南唐开国君主李昪手下做官，做到吏部尚书。冯延巳以高干子弟的身份得到李昪的赏识，让他和自己的儿子李璟交往，后来李璟继位，史称南唐中主。冯延巳因为这层关系，迅速蹿升，官至宰相。

冯延巳其人很有胸襟气魄，虽是文人，却好谈兵，他曾以讥笑的口吻议论开国君主李昪："他老人家打了一次败仗，不过损失几千人，就一连好几天长吁短叹地吃不下饭，真是乡巴佬气质，哪像今上（指李璟），数万大军在外作战，他却吃喝玩乐一切照常，这才是真英雄！"

李昪是开国君主，绝非懦弱胆小之人，但他饱经乱世忧患，终于成长为一个和平主义者，不爱打仗，怕见死人，很有仁心。李昪对继承人也有同样的要求：不必开疆拓土、成就赫赫功业，只要能平平安安，让老百姓把日子过好，这就够了。但李璟和冯延巳是一路富贵过来的，和长辈有代沟，又因为自家政权号称李唐之后，便生出恢复李唐旧观的雄心壮志。办法只有一个：打仗。

开疆拓土的战争先后打过两次，都是先胜后败。后来北方的后周进攻南唐，李璟打不过柴荣，被迫臣服后周，尽割江北土地，去帝号改称国主（所以我们称李璟为南唐中主，称李煜为南唐后主）。在这样一个动荡的世界里，冯延巳也随着时代波澜或起或伏，时而被罢相，时而又官复原职，时而又被罢相……外面是军队作战，朝廷里是大臣党争，政治生活就是这么丰富多彩。与人斗到底是不是其乐无穷，强者和弱者的看法一定是不一样的。

冯延巳和其他四位大臣被反对派冠以"五鬼"的尊号——这是一个古老而有效的政治技巧，标签很容易给人造成心理暗示，而这个龌龊小群体中某一个人的污点也很容易被投射到其他人身上。但冯延巳到底是不是奸臣，很难说清。大约从夏承焘作《冯正中年谱》起，研究者们做了一些翻案的努力。我这里不做细致的考辨，只能说比较谨慎的推断是：冯延巳确实眼高手低、志大才疏，心里也有一套"小九九"，但距离大奸大恶的标准还有相当一段差距。

至于冯延巳的文学才华，无论在他生前还是身后都得到了一致的推许。从词史的地位上来讲，冯延巳上承花间传统，下启晏殊、欧阳修，而他词作本身的艺术高度，并不在李煜之下。

现在谈词，所有人都知道李后主，但很多人并不熟悉冯延巳，这并不意味着后者就比前者水平低，而是有很多原因的，择其大略来说：一来李煜的词非常直接，让人一目了然，冯延巳的词却属于那种需要琢磨、也耐人琢磨的；二来是民国时期的好恶风气使然。我们现在的一些所谓传统观念其实并不久远，而是民国那些文人塑成的。王国维的《人间词话》就是一支劲旅，力捧李后主，而《人间词话》之所以脱颖而出，很大程度上又因为胡适贬低吴梦窗派，营造了一个《人间词话》的良好的接受基础……

我们再看看古人的意见。清末有所谓"三大词话"，除王国维的《人间词话》外，还有况周颐的《蕙风词话》和陈廷焯的《白雨斋词话》。况周颐评五代词坛名手，并推三家，说李煜的"性灵"、韦庄的"风度"、冯延巳的"堂庑"，都是常人学不来的；陈廷焯则说，李煜的小令冠绝一时，韦庄也不在其下，而在整个五代时期，当以冯延巳为巨擘；王国维虽然力捧李煜，却在《人间词话》手稿本第六节也用"堂庑"这个词来评冯延巳，说"冯正中词虽不失五代风格，而堂庑特大，开北宋一代风气。中、后二主皆未逮其精诣"，把李璟、李煜父子置于冯延巳之下，只是在手定本里删去了"中、后二主皆未逮其精诣"这句话。

对冯词的特点，我们可以从他一首极著名的《鹊踏枝》来看：

> 谁道闲情抛掷久。每到春来，惆怅还依旧。日日花前长病酒，不辞镜里朱颜瘦。
>
> 河畔清芜堤上柳。为问新愁，何事年年有。独立小桥风满袖，平林新月人归后。

饶宗颐说他读冯延巳的词，会觉得有一股莽苍之气，几首《鹊踏枝》"尤其沉郁顿挫"。"沉郁"这个词，我们知道一般是用来评价杜甫的，但到陈廷焯的《白雨斋词话》推出，便把"沉郁"标榜为词作的终极审美标准，也就是说，性灵也好，风度也好，都好，但"沉郁"最好。

那么，这首《鹊踏枝》如何"沉郁"呢？乍看起来，风格和晏殊的"闲愁"很像，只有细品之下，才会读出差异。

"谁道闲情抛掷久。每到春来，惆怅还依旧"，何谓"闲情"，说不清、道不明，是心里的一种难以名状的东西，一直都想抛掷而抛掷不得。每当春天来临，这种情绪便再次盘踞心头，挥之不去。于是"日日花前长病酒，不辞镜里朱颜瘦"，每天都在花前饮酒，任性而没有节制，就算憔悴了身体也在所不惜。

"河畔清芜堤上柳。为问新愁，何事年年有"，河畔又长满了青草，河堤上的柳树也绽开了新芽，年年都是如此。而心中的愁绪为何也随着这青草和柳叶一样年年生长、年年繁茂呢？

这个问题没有答案，也不知道是否应该追究一个答案，最后只是"独立小桥风满袖，平林新月人归后"，新月已经升上了林梢，踏春的游人们都散尽了，只有我独自站在桥上，任夜风灌满了衣袖。

我们看这首词，到底要表达什么呢？主人公到底在惆怅什么，到底想怎么办，仿佛有必须要问的问题，然而一切都没有答案。他在为感情而伤神吗？他在为国事而忧心吗？他纯粹是吃饱了撑的，发神经吗？我们全不知道。用一句小资语言来形容，就是"莫名的惆怅"。这就是比李商隐的《锦瑟》更高级的一种朦胧诗，《锦瑟》是用美丽意象的堆砌达到朦胧的效果，比如"沧海月明珠有泪，蓝田日暖玉生烟"。而这首《鹊踏枝》在字面上非常朴素，叙述得也非常清晰，但造成的效果却是朦胧的。（我一直都说，诗艺是在不断进步的，永远是后出转精，只不过精到一定程度之后就不易被群众接受了。）

那么，依陈廷焯的意见，这首词到底"沉郁"在哪里？依王国维的意见，它"深美闳约"在哪里？饶宗颐推测，所谓"独立小桥风满袖"，或是冯延巳罢相之初的作品，反映的是当时时局逼仄，漫天的指责都向冯延巳压来。但这只能是推测，无法凿实。总而言之，这首词越是多读，就越是感觉有一种千回百转的复杂心态，却始终落不到实处。这些特点，可以说是"美"，是"约"；而另一方面，和同时代的词人比较，冯延巳所描述的境界不再局限在一个窄小的范围之内（比如温庭筠，总是金玉画堂、玉钗云鬓），眼界极开阔，是为"闳"，余味极悠长，是为"深"，"深美闳约"这四个字，冯延巳确实当之无愧。这在《人间词话》下一节里，王国维还有进一步的说明。

4. 刘熙载

王国维夺过了张惠言赞誉温庭筠的"深美闳约"，把它给了冯延巳，对温词的评价则赞同刘熙载的"精妙绝人"。这四个字出自刘熙载的《艺概》："温飞卿词精妙绝人，然类不出绮怨。"意思是说，温词之精致巧妙无人能及，但内容不过是旖旎闺怨而已。这显然和张惠言是对立的，他还说韦庄和冯延巳的词"留连光景，惆怅自怜"，说得也很朴素。

刘熙载是清末学者，文学批评史上的一代宗师。他最有影响力的作品就是《艺概》，用现代语言来说就是艺术概论，如果再配一套作品选讲的话，就可以在大学开课了。

在刘熙载以前，人们对词的观念一般都是以婉约为正宗，以豪放为变体，这是从词的功能性出发来看问题的。词本来就是宴会上拿来唱的，大家喝酒、听歌、看舞，充分享受人生。如果大家都在吟风弄月，突然有一个人出来慷慨悲歌，实在太耍个性，太煞风景。我们看看南唐，达官显贵们蓄养歌伎，大搞文娱活动，有一幅大家都很熟悉的《韩熙载夜宴图》画的就是这种场面。韩熙载就是南唐的一位高官，冯延巳就最爱跑到他家参加活动。官僚们搞文娱、搞社交，是很忌讳谈国事、谈抱负的，不识趣的人很容易就把场面弄尴尬。赋诗尚须避讳，填词就更不用说了。欧阳修就做过这种尴尬事。那是晏殊做枢密使的时候，一次雪中宴客，兴致很高，欧阳修即席赋诗，说"主人与国共休戚，不唯喜乐将丰登。须怜铁甲冷彻骨，四十余万屯边兵"。当时宋朝正对西夏用兵，晏殊正是负责人，所以这样的诗一吟出来，搞得晏殊很不愉快，后来对人发牢骚，说"裴度也曾宴客，韩愈也做文章，但只说'园林穷胜事，钟鼓乐清时'而已，有谁会像欧阳修这般搅局！"（《苕溪渔隐丛话》）

士大夫们秉承孔子教训，名正则言顺，词为艳科，这是名正。既然是艳科，就应该男欢女爱、歌舞升平，这是言顺。所以说，那些慷慨悲歌虽然也有好作品，但那不是词的正根，而是变体，比如苏轼、辛弃疾，都属此类。

但刘熙载站出来翻案了，说词是从唐代开始的，李白的《忆秦娥》是何等的声情悲壮，只是到了晚唐、五代，词才变得婉约了，直到苏轼的出现才追复了李白的古风。后人论词，都说苏词是变体，却不知晚唐、五代的词才是变体。

刘熙载的这个考据论调，乍看之下很有道理，其实是站不住脚的。从李白传世的不多的词作来看（有些词选里说李白名下的词只有《忆秦娥》和《菩萨蛮》两首，这是不对的），婉约才是主要基调；再看唐代其他作者的词作，风格也是以婉约为主。但和张惠言一样，无论理论对不对，确实产生了很积极的影响力。尤其是他力捧稼轩词，标榜英雄本色，使词越发脱离了小儿女态。

刘熙载举过宋代词人的两个例子，一是张元幹作《贺新郎》送别胡铨，遭到罢黜；二是张孝祥在建康留守席上作了一首《六州歌头》，使张浚为之罢席。由此说明词在"兴、观、群、怨"上丝毫不逊色于诗。（《艺概·词曲概》）

事情是这样的：胡铨是坚定的主战派，上书请剑，要杀秦桧，结果获罪被贬。士大夫们畏惧秦桧的淫威，谁也不敢接触胡铨，只有张元幹为胡铨饯行，还写了一首《贺新郎》送给他：

梦绕神州路。怅秋风、连营画角，故宫离黍。底事昆仑倾砥柱。九地黄流乱注。聚万落、千村狐兔。天意从来高难问，况人情老易悲难诉。更南浦，送君去。

凉生岸柳催残暑。耿斜河、疏星淡月，断云微度。万里江山知何处。回首对床夜语。雁不到、书成谁与。目尽青天怀今古，肯儿曹、恩怨相尔汝。举大白，听金缕。

这是宋词里的名篇，大有燕赵豪侠之气。这首词果然触怒了秦桧，张元幹也遭到迫害，被远远地贬了出去。（《桯史》）

张孝祥也是主战派，时值南宋北伐失败，朝野震动，主和派再次占了上风，忙于与金人议和。在一次宴席上，张孝祥即席填了一首《六州歌头》：

长淮望断，关塞莽然平。征尘暗，霜风劲，悄边声。黯销凝。追想当年事，殆天数，非人力，洙泗上，弦歌地，亦膻腥。隔水毡乡，落日牛羊下，区脱纵横。看名王宵猎，骑火一川明。笳鼓悲鸣。遣人惊。

念腰间箭，匣中剑，空埃蠹，竟何成。时易失，心徒壮，岁将零。渺神京。干羽方怀远，静烽燧，且休兵。冠盖使，纷驰骛，若为情。闻道中原遗老，常南望、羽葆霓旌。使行人到此，忠愤气填膺。有泪如倾。

当时抗金统帅张浚也在席上，听得这首词，不免感慨系之，罢席而去。（《朝野遗记》）对比前文中晏殊和欧阳修的那段故事，词的本色到底应该如何呢？

另外，之所以刘熙载的理论能够成功，主要原因恐怕并不在于他自己，而是因为社会环境的变化：词发展到了明清两代，已经渐渐地脱离了音乐，变成像诗一样的东西了；流传起来也不是靠娱乐圈传播歌本，而是作者结集付梓。词的私语化的倾向重了，原有的格局自然束缚不住了。

刘熙载还有一个著名的理论：词品。"词品"的涵盖比较广，其中最容易被大家理解的就是把作品和人品挂钩，在《人间词话》的下一节里，王国维就借用了刘熙载的"词品"概念继续品评五代时期的三大词人，我们也到下一节再作细说。

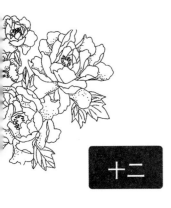

十二

"画屏金鹧鸪",飞卿语也,其词品似之。"弦上黄莺语",端己语也,其词品亦似之。正中词品,欲于其词句中求之,则"和泪试严妆",殆近之欤?

这一节王国维品评唐、五代三大词人,却不是自己拟评语,而是以他们各自作品中的一句话来评他们各自的词品。正所谓出乎尔、返乎尔,表现出一种特有的文人情趣。"画屏金鹧鸪""弦上黄莺语""和泪试严妆",这三句都是形象描绘,而以形象描绘来比喻诗文风格,这个传统至少从唐朝就有了。对这个问题,钱钟书做过很详细的考证,甚至说李商隐的名篇《锦瑟》就是用来喻诗的,"庄生晓梦迷蝴蝶,望帝春心托杜鹃"和"沧海月明珠有泪,蓝田日暖玉生烟"这两联名句是李商隐分别形容自己的作诗方法和诗歌风格的。(关于《锦瑟》的解读,我在《唐诗的唯美主义》一书中有细说。)

温庭筠(字飞卿),词品是"画屏金鹧鸪";韦庄(字端己),词品是"弦上黄莺语";冯延巳(字正中),词品是"和泪试严妆"。那么,什么是词品呢?

简单来讲,人有人品,词有词品,性质相同;深入些讲,这是晚清文艺批评家刘熙载搞出来的一个专业术语,意思颇有几分复杂。

刘熙载提出，搞创作最重要的一点是"本色"，有什么就说什么，是什么样就表现出什么样，别装。只要做到这一点，就算你讲的话前人早已讲过，也不要紧。刘熙载填过一首《虞美人》来阐述这个主张：

填词有意夸工巧，工处还非妙。要全本色发天机，试问桃花流水岂人为？

湘渔拨棹歌清调，欸乃谁能肖。爱渠从不解填词，自后填词填字可休提。

桃花流水、湘渔拨棹，都是天然本色，无法模仿。而与其模仿，不如"要全本色发天机"，没有填词的刻意，而词作自然填成。

那么，既然词不是刻意而为的结果，而是本之于本色天机，人的品格自然也就会被带到词的品格里，是为词品。词品分为三等，借宋代陈亮一首《三部乐》里的词句，分别是：婆姗勃窣，峥嵘突兀，元分人物。其中"元分人物"是第一等，是"惟大英雄能本色"的一类；"峥嵘突兀"是第二等，虽然比不上元分人物，却有独创精神；"婆姗勃窣"是第三等，匍匐在别人脚下畏首畏尾，最不足取。

现在出现一个相当严重的问题：如果说填词应该本色天机，饮食男女是每个人最根本的本色天机，难道这才是艺术创作的大方向吗？刘熙载考虑过这个问题，他先是针对柳永作出批评——柳永的一首词里有"酒恋花迷，役损词客"。刘熙载说："这种人只能被称为流连花酒的轻薄子，不配称为词人。词人要有宽旷的胸襟和高远的情致。"

但本色天机又如何解释呢？刘熙载接着说："欲不是情，这是我们首先要辨明的问题。情的极致是什么呢？是忠臣孝子、义夫节妇。欲和情不但不是一回事，还是对立的，此消彼长。词家要达到的境界，是名教之中自由乐土，儒雅之中自得风流。"（《艺概·词曲概》）我们把词品追溯到根源，原来却是正统的儒家道德标杆。（《人间词话》后文也讨论过这个问题，另有一番高超见解。）

王国维并不全然认同刘熙载的词品概念，所以他在这里使用这个词的时候，含义和刘熙载是有差别的，仅指某一词人之作品的统一风格。

"画屏金鹧鸪"，出自温庭筠的《更漏子》（柳丝长），王国维用它来定温庭筠的词品，用意何在呢？叶嘉莹给出过一个非常精当的解释："温词风格之特色确实在于华美浓丽而缺少鲜明生动的个性，恰似画屏上闪烁着光彩的一只描金的鹧鸪。"但温词是否当真如此呢？表面看确实如此，但只要细细体味，就会知道这个评价实在低估了温庭筠。

前文讲过的《菩萨蛮》（小山重叠金明灭）就是一个例子，而这句"画屏金鹧鸪"也是一个合适的例子，我们把它放到上下文里看，就会发现它的含义并不是那么简单：

柳丝长，春雨细。花外漏声迢递。惊塞雁，起城乌，画屏金鹧鸪。
香雾薄，透帘幕，惆怅谢家池阁。红烛背，绣帘垂，梦长君不知。

这首词描写一个春天的夜晚，女主角惆怅难眠，听着如丝的雨水嘀答在花丛中的声音，仿佛铜壶滴漏。这样轻柔的、有节奏的、简直可以催眠的声音竟然惊起了塞雁与城乌，画屏上有金鹧鸪的图案。有薄薄的香雾透过帘幕，倍添惆怅。女主角背对红烛，垂下帘幕，对意中人魂牵梦绕，他却毫不知情。

这首词大意如此，事实上很难被翻译出来，尤其是上片的最后几句"惊塞雁，起城乌，画屏金鹧鸪"，完全没有逻辑性。如果直译的话，就是"惊起了塞上的大雁，惊起了城里的乌鸦，画屏上金色的鹧鸪图案"。先不说柔柔的春雨如何能惊起塞雁、城乌，单说"惊塞雁，起城乌"都是动宾结构，是外景，是远景，为什么突然接上一句纯名词的、内景的、近景的"画屏金鹧鸪"呢？李冰若说这首词总体来说意境不错，可惜"画屏金鹧鸪"一句是硬插进去的，文理不通。

其实罗列名词、不顾语法，正是意象派的典型特征，庞德、艾略特这些名家莫不如此，而他们这一诗歌观念的源泉恰在中国古典诗歌，温庭筠又是中国古典诗人中最有意象派韵味的一个。我们看他的《商山早行》：

晨起动征铎，客行悲故乡。
鸡声茅店月，人迹板桥霜。
槲叶落山路，枳花明驿墙。
因思杜陵梦，凫雁满回塘。

这首诗是写主人公一大早就从小旅店里起了床，准备继续赶路，心中充满思乡之情。最著名的两句是颔联的"鸡声茅店月，人迹板桥霜"，两句话，十个字，没用一个动词，也没有一个形容词，完全是名词的罗列，但画面感一下子就出来了，画面的力量也一下子就打动人心了。这个"画屏金鹧鸪"也是同样的道理。给出一个画面来，至于名词之间的逻辑关系，上下句之间的逻辑关系，但由读者自己去找，动词也但由读者自己去加。所谓意象派风格，读者只能观象取意，这倒颇有几分张惠言的味道。

历代注家解释这首词，各有各的说法，我再多发明一种说法应该也不算过分。我以为对任何一首词，首先要把意思贯通下来，从主旨、章法、套语等等环节出发，推究那些不大明确的地方。这首词的主旨就在最后一句"梦长君不知"，从这一句来推究上片，意思就出来了："柳丝长，春雨细。花外漏声迢递。"柳丝是细长的，春雨是绵长的，更漏声的迢递也是绵长不断的。这就是意象派的意象叠加的手法，这些意象叠加起来，正如女主角的"惆怅"与"梦长"，也是那样绵长不断。"惊塞雁，起城乌"则暗示着这样的绵绵思念别人都能感觉得出，而"画屏金鹧鸪"正是对"梦长君不知"的嗔怪——金鹧鸪只是画屏上的假鸟，感受不到"花外漏声迢递"，所以不会像塞雁和城乌那样惊起；女子的意中人难道不也是这样吗，任凭女子如何思念，如何纠结，如何夜不能寐，始终懵然不知。所以最后这一句"画屏金鹧鸪"正是全词的点睛之笔。

读温庭筠的词，一定要静下心来，反复吟诵、咀嚼。意象派的诗歌不一定都有确定的含义，但魅力也正在这里。

王国维以"弦上黄莺语"来评韦庄的词，这里仍用叶嘉莹的解释："韦词风格之特色确实乃在于诚挚真率、出语自然，恰如弦上琴音之于枝上莺啼的自然真切。"但这一次叶先生恐怕误解了王国维，王于唐、五代词人，推崇李煜、冯延巳，贬低韦庄、温庭筠，"弦上黄莺语"并非真正的黄莺语，不过是琴弦的模仿而已，自然不会"自然真切"。

"弦上黄莺语"出自韦庄的《菩萨蛮》：

红楼别夜堪惆怅，香灯半卷流苏帐。残月出门时，美人和泪辞。
琵琶金翠羽，弦上黄莺语。劝我早归家，绿窗人似花。

这首词是写男主角和心爱的女子在一天夜晚的话别，女子依依不舍，为男子弹奏琵琶，声如黄莺婉转。关键在最后两句"劝我早归家，绿窗人似花"——什么是家，就是房间里始终有爱人在等着你。

韦庄的词，比温庭筠更直接、更朴素，至于是不是"弦上黄莺语"，就是见仁见智的事了。

王国维评冯延巳的词，选的句子是"和泪试严妆"。这里再用叶嘉莹的解释："冯词风格之特色确实乃在于善于浓挚之笔表现悲苦执著之情，一如女子之有和泪之悲而又有严妆之丽。"

"和泪试严妆"出自冯延巳的一首《菩萨蛮》：

娇鬟堆枕钗横凤，溶溶春水杨花梦。红烛泪阑干，翠屏烟浪寒。
锦壶催画箭，玉佩天涯远。和泪试严妆，落梅飞晓霜。

这首词是闺怨主题，但和温庭筠的闺怨词大不一样，极典型地标志出冯延巳的风格。如果说温词的闺怨是怨情，冯词则是悲情，单是"和泪试严妆"这五个字便极有悲情气质。女子满心悲伤，止不住泪水，却仍然妆扮整齐，展现出自己最美的样子。这也许仅仅是闺怨，我们却可以读出更深的内涵，读出一种义无反顾的爱，一种在愁怨中强自坚强的高贵。词中的女主角也许仅仅是一名歌女，经过冯延巳的笔，却表现出了贵族气质，这就是普希金所谓的诗的贵族气。忧愁、无奈、孤单、无可依托，却始终坚强而脆弱地保持着尊严，这正是冯词特有的气质。王国维在这一节里对温庭筠、韦庄和冯延巳三大词家的评论，当以"和泪试严妆"最为贴切。

南唐中主词："菡萏香销翠叶残，西风愁起绿波间"，大有众芳芜秽、美人迟暮之感。乃古今独赏其"细雨梦回鸡塞远，小楼吹彻玉笙寒"，故知解人正不易得。

这一节评论南唐中主李璟的一首词，王国维与古往今来的读者们大唱反调，感慨这一千年来，只有自己才是这首词的真正知音。

李璟的词传世极少，真正可靠的不过四首，但水准之高，足以使他列入名家之林。这一节里评论的词是一首《摊破浣溪沙》：

菡萏香销翠叶残，西风愁起绿波间。还与韶光共憔悴，不堪看。
细雨梦回鸡塞远，小楼吹彻玉笙寒。多少泪珠无限恨，倚阑干。

菡萏（hàn dàn）就是荷花，"菡萏香销翠叶残"是说荷花凋落，荷叶残破。这是入秋的景象，引出下句"西风愁起绿波间"，从近景到远景，从局部到整体，从具体的观感到泛泛的观感，不止是荷花凋落了，荷叶残破了，秋风在绿波中吹起，所有的花草树木都要凋落了。

"还与韶光共憔悴，不堪看"，这一句点出了闺怨主题：秋风吹起，万物凋零，思妇的青春也这样匆匆老去了，那秋景更让她无法面对。

"细雨梦回鸡塞远，小楼吹彻玉笙寒"，这是最脍炙人口的一联。"鸡塞"是"鸡鹿塞"的简称，这里泛指边塞。细雨的天气里，又梦到驻守边塞的爱人，梦回之时，更觉得边塞遥不可及。"玉笙寒"，笙是一种靠簧发音的乐器，簧是用高丽铜特制的，如果天气冷，簧就会走音，所以在吹奏之前要先把它烘暖才行。周邦彦有词"簧暖声清"，如果"玉笙寒"，音乐自然走调了。吹笙直到吹彻，直到笙簧又冷了下来、吹不成调了，可见时间之长，可见吹笙人之寂寞。

"多少泪珠无限恨，倚阑干"，梦回倍添惆怅，吹笙直到吹不成调，只有不住地流泪，倚着阑干。"倚阑干"是诗词里极常见的一个意象，主要有两种含义：一是用这个特定的 pose 描绘女子的曲线美，比如李白《清平调》写杨玉环"解释春风无限恨，沉香亭北倚阑干"；二是表达一个人的惆怅，重重心事无人能解，比如裴夷直的《临水》诗有"江亭独倚阑干处，人亦无言水自流"；在第二种含义上，如果情绪更浓郁，就变"倚"为"拍"，如辛弃疾"把阑干拍遍，无人会、登临意"。

这首词，王国维说"乃古今独赏其'细雨梦回鸡塞远，小楼吹彻玉笙寒'"，这两句早在李璟在世的时候就被传为名句了。当时冯延巳词中有一名句："风乍起，吹皱一池春水。"李璟戏问冯延巳："吹皱一池春水，关你什么事？"冯回答说："我这句词哪比得上陛下的'小楼吹彻玉笙寒'呢？"李璟很高兴。陆游《南唐书》记载了这段故事。还有一番议论说：当时南唐败于北周，国几乎亡了，只好向敌人俯首称臣，奉北周正朔以苟延残喘，可南唐君臣还有这番闲情逸致！（《苕溪渔隐丛话》引《古今诗话》，对这件事有完全不同的记载，刘永济《唐五代两宋词简析》则认为这段对话若结合当时的历史背景，实为暗含政治隐喻的一次君臣交火。历史难知呀，我这里就不多作辨析了。）

但也并不是所有人都挑这两句来称赞。曾和《人间词话》齐名的《白雨斋词话》就更欣赏"还与韶光共憔悴，不堪看"，说这一句沉郁之至，就算擅长抒情的李后主也不能写得更好。

王国维以为，这首词里最耀眼的句子并不是"细雨梦回鸡塞远，小

楼吹彻玉笙寒"，而是"菡萏香销翠叶残，西风愁起绿波间"，因为后者
"大有众芳芜秽、美人迟暮之感"。

"众芳芜秽"和"美人迟暮"都出自《离骚》，原话一是"惟草木之
零落兮，恐美人之迟暮"，一是"虽萎绝其亦何伤兮，哀众芳之芜秽"，
是有政治寄托在里边的。我们把李璟这首《摊破浣溪沙》贯通下来，实
在看不出别有寄托，无非是思妇征人、秋思闺怨而已。但王国维单单把
"菡萏"两句摘了出来，孤立来看，看出了《离骚》的感觉来，和自家
的美学体系发生了龃龉，对张惠言投出的标枪竟也插到了自家身上。

"众芳芜秽"和"美人迟暮"都是执著于政治之利害的。在康德和
叔本华那里，有利害则无审美，这本是王国维词学体系的基础，但在这
一节里，中国传统的士大夫意识占了上风，生起了忧国忧民、忧生忧世
之心。不过，也许可以这样理解：王国维既然把"菡萏"两句孤立来看，
对"众芳芜秽"和"美人迟暮"恐怕也只是断章取义地来作理解吧。这
样的话，后者就摆脱了《离骚》的政治寄托，退缩成了伤春悲秋的泛泛
之论。

但即便这样理解，"菡萏"两句究竟又比"细雨"两句好在哪里呢？
幸好在这个问题上，吴梅和王国维意见相同，解释很丰富，对我们理解
王国维很有参考价值。吴梅以为，这首词的好处在于沉郁。菡萏香销、
西风愁起，和韶光都无关系（吴梅过于局限地把"韶光"理解为春光，
我们把这个词理解为女主角的"青春"是最合适的），而在伤心人看起
来，夏天的草木虽然繁盛，却易受摧折，和春光的憔悴都是一样的。至
于"细雨"两句，只不过是"西风愁起"的点染语，字面虽然精练、漂
亮，却不是全篇当中最醒目的地方。大家都喜欢这两句，真是不善于理
解诗词呀。

吴梅和王国维发出了同样的感叹，从章法的角度指出了"菡萏"两
句为什么比"细雨"两句更好。但我们未必一定要分高下，如果抛开章
法，单纯地断章取义来看，"菡萏"与"细雨"的取舍无非是审美偏好
的不同。"细雨"两句字面漂亮，很有李商隐唯美主义朦胧诗的味道，
即便不明白什么意思，也会觉得美；"菡萏"两句字面平实，全用很普
通的字眼，像"翠叶"、"西风"、"绿波"之类，就连形容词和动词也很

普通，无非是"销"、"残"、"愁"、"起"，平淡无奇，而被王国维和吴梅所独赏的那般好处，非要透过字面，从画面形象上细心感受才行。

事情的另一面是，"菡萏"两句写出了荷花特有的感觉——用我们朴素的文学评论的观念来说，它抓住了荷花的无可替代的特点；用叔本华的理论来说，它达到了荷花的"理念"。中国先贤对此早有总结，苏轼说过"诗人有写物之工"，董其昌解释这句话说："桑之未落，其叶沃若。"这句诗只能描写桑树，没法用在别的树身上；"疏影横斜水清浅，暗香浮动月黄昏"，这只能是咏梅，不可能是咏桃李；"无情有恨何人见，月冷风清欲堕时"，这只能是咏白莲，不可能是咏红莲的诗。(《画禅室随笔》)

清人梁章钜有过一段很有趣的文字，说的是一些吹毛求疵而又颇有理趣的解诗，其中也提到"疏影横斜水清浅，暗香浮动月黄昏"这脍炙人口的两句。说陈辅之以为这诗句描写得很像野蔷薇的特点，但这就是无理取闹了，因为蔷薇是丛生的灌木，哪来的"疏影"，而且花影散漫，又哪来的"横斜"？也曾有人问过苏轼，说这两句拿来咏桃、咏杏是否也行？苏轼说："倒没什么不行的，只是怕桃、杏不敢当罢了。"近来也有咏梅的诗，比如"三尺短墙微有月，一湾流水寂无人"，语意也颇为幽静，但有刻薄的人调笑说："这两句描绘的是一幅小偷行乐图呀。"(《浪迹丛谈》)

"疏影横斜"是林逋传诵千古的名句，有一次我读俞樾的《九九销夏录》，才知道这两句是从五代诗人江为的"竹影横斜水清浅，桂香浮动月黄昏"改来的，仅仅把"竹"改成了"疏"，把"桂"改成了"暗"。但大家完全不必为江为鸣不平，为什么江为的原作反而默默无闻呢，一个很重要的原因就是江为那两句诗虽然漂亮，但并没有道出竹子和桂花的不可替代的特点。而林逋仅仅改了两个字，却道出了梅花的不可替代的特点，这也就是叔本华所谓的"理念"，苏轼所谓的"写物之工"。

董其昌、梁章钜和俞樾这三段话，是我当初读书时印象颇深的，三者一被联系起来，给人的感受就更深了，这都是非常形象地道出了咏物诗的真谛。所以后来练写诗的时候，脑子里总有这根弦：咏甲物的诗句是不是拿到乙物、丙物上也完全适用呢？我们沿着这个思路去想，"菡苕香销翠叶残，西风愁起绿波间"，如果不是咏荷花，还能是咏什么呢？

范温也早就说过类似的观点，说他行走蜀道，路经筹笔驿，这是传说中诸葛亮北伐驻军之处，前人吟咏很多。比如石曼卿"意中流水远，愁外旧山青"，久已脍炙人口，但这诗用在别处山水上也是一样的。只有李商隐的诗"猿鸟犹疑畏简书，风云常为护储胥"才切合筹笔驿其地，切合诸葛亮其人。(《苕溪渔隐丛话》引《潜溪诗眼》)

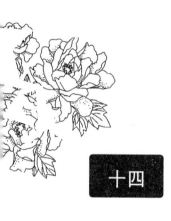

十四

温飞卿之词,句秀也。韦端己之词,
骨秀也。李重光之词,神秀也。

这一节里,王国维各以两个字来给唐、五代间的三大词人定性:三个人的词都很美,但温庭筠(字飞卿)的词美在句,韦庄(字端己)的词美在骨,李煜(字重光)的词美在神。

这一节太有中国传统文论的风格了,"句秀"、"骨秀"、"神秀"三个词,有点飘忽,概括性也太强了。

所谓"句秀",就是句子漂亮。温庭筠的词总是堆金砌玉的,一派洛可可风格。"句秀"还隐含着一层批评,就是说温词只有漂亮的句子而已,缺乏骨干把这些漂亮句子串联妥当。对这个问题我在前边已经讲过,温庭筠是意象派,不懂意象派的人来看意象派的作品,难免会觉得东一榔头、西一棒槌。

而韦庄的词恰恰就是最有骨干的,是为"骨秀"。韦庄是西安人,没落贵族出身,热衷科举,但总也考不上,五十九岁高龄才终于中举。时值唐末乱世,混生活很不容易,但韦庄晚年总算顺了起来,受到蜀主王建的器重,留下来做了宰相。

韦庄的词以明白晓畅著称,其实王国维还说过"端己词情深语秀,虽规模不及后主、正中,要在飞卿之上,观昔人颜、谢优劣论可知矣"(《唐五代二十一家词辑》),把韦庄摆在李煜、冯延巳之下、温庭筠之上,还给了一个"情深语秀"的评语，这好像和本节所谓的"句秀"意思相近。

臧否人物，指点江山，这本是文人最喜欢的事情，但大家的看法常不一样。吴梅在五代词人中最捧韦庄，说当时"词之工拙，以韦庄为第一，冯延巳次之"。（《词学通论》）胡适说韦庄"一扫温庭筠一派纤丽浮文习气，在词史上，可谓一开山大师"。胡适这是在韦庄身上看到了自己最喜欢的东西："多用白话。"（《蜀词人评传》）

韦庄的"骨秀"，正和意象派相反，几乎全是传统记叙文的风格，我们看他一首《荷叶杯》：

记得那年花下，深夜，初识谢娘时。水堂西面画帘垂，携手暗相期。

惆怅晓莺残月，相别，从此隔音尘。如今俱是异乡人，相见更无因！

这首词的内容是回忆和一位女子的结识与分离，"时间、地点、人物、起因、经过、结尾"，小学语文课讲到的"记叙文六要素"在这一首小词里几乎都占齐了。

韦庄最著名的作品则是一组《菩萨蛮》：

其一
红楼别夜堪惆怅，香灯半卷流苏帐。残月出门时，美人和泪辞。

琵琶金翠羽，弦上黄莺语。劝我早归家，绿窗人似花。

其二
人人尽说江南好，游人只合江南老。春水碧于天，画船听雨眠。

炉边人似月，皓腕凝双雪。未老莫还乡，还乡须断肠。

其三
如今却忆江南乐，当时年少春衫薄。骑马倚斜桥，满楼红袖招。

翠屏金屈曲，醉入花丛宿。此度见花枝，白头誓不归。

其四

劝君今夜须沉醉，樽前莫话明朝事。珍重主人心，酒深情亦深。
须愁春漏短，莫诉金杯满。遇酒且呵呵，人生能几何！

其五

洛阳城里春光好，洛阳才子他乡老。柳暗魏王堤，此时心转迷。
桃花春水绿，水上鸳鸯浴。凝恨对残晖，忆君君不知。

这一组《菩萨蛮》，其中第一首在前文第十二节已经大略讲过。有
人以为这五首单独成篇，也有人以为这五首构成一个组诗；有说这五首
是讲政治寄托的，也有说这是讲韦庄的私生活的。似乎私生活之说更可
信一些，也更容易有读者：当初他和妻子分手，离开洛阳前往江南（第
一首）；结果被江南的美景、美人迷住了，不想回家了（第二首）；自己
那时还年轻，风流倜傥，被江南歌女们群起而追慕（第三首）；但一切
都随风而去，如今回想起来，颇有悔意（第四首）；更想起当年自己在
江南寻欢作乐的时候，妻子还在家里远远地思念着自己，悲从中来，情
何以堪（第五首）。

我们看这五首《菩萨蛮》，意思很好懂，不烦解释，这就是韦词"多
用白话"的一面；整体叙述上流畅贯通，恰与温词相反，这就是韦词
"骨秀"的一面。——这个解释只能说是自洽，不能说是标准答案，因
为至少还有一种自洽的解释，就是叶嘉莹说的，"所谓'句秀'当是指
词句藻饰之美，所谓'骨秀'当是指情意本质之美"。王国维用了如此
含糊的概念，我们也只有各作猜想了。

那么，李煜的"神秀"又该怎么理解呢？如果用人的美来作比喻的
话，也许可以这样来说：温庭筠词作之美，好像一个人眼睛漂亮、眉毛
漂亮、项链漂亮、手镯漂亮……；韦庄词作之美，好像一个人亭亭玉立；
李煜词作之美，好像一个人光彩照人。至于李煜的词如何"神秀"，《人
间词话》后文从第十五节到第十八节会有层层细说。

词至李后主而眼界始大，感慨遂
深，遂变伶工之词而为士大夫之词。周
介存置诸温、韦之下，可谓颠倒黑白
矣。"自是人生长恨水长东"，"流水落
花春去也，天上人间"，《金荃》、《浣
花》，能有此气象耶？

　　这一节继续讨论李煜的词。王国维从词史的脉络上来看李煜，说词
这种文学体裁从诞生以来直到发展到李煜这里，眼界才开始变大，感慨
才开始变深，才从歌伎、伶人之词变成士大夫之词。也就是说，李煜是
词由窄转宽、由俗入雅这个过程中的一个转捩点，如果没有李煜的话，
这个过程可能还会拖后很久吧。

　　要搞清楚这个问题，我们有必要简单追溯一下词的发展脉络。诗和
词的区别，我们现在都很清楚：诗是读的，词是唱的。但是，这个区别
本来并不存在。因为诗原本也是唱的，所谓的诗，其实就是歌词，《诗
经》三百篇原本就都是唱的。

　　到了汉代，《诗经》已经不再唱了，并且进入了儒家经学领域，成
为政治哲学的理论著作了。唱歌这种事便由乐府来管，乐府整理出来的
歌词就叫做"歌诗"，以和传统的"诗"相区别。到了六朝时期，谱入

音乐的诗就不再称之为诗，而径直称之为乐府了，《文心雕龙》里就有"乐府"一篇。五言诗在草创时期，便被人们称为乐府——比如我们熟悉的《古诗十九首》，本该是叫做古乐府的。后来五言诗发展成熟，和音乐脱离了，不再属于演艺圈了，变成文人的创作了，五言诗便成为诗，仍然配乐演唱的就是乐府。王国维在这节里讲词至李后主"遂变伶工之词而为士大夫之词"，当初五言诗的发展也是一样的道理，"遂变伶工之歌词而为士大夫之诗"。

到了唐代，情况又发生了变化。古乐府过时了，外国音乐大量涌入，非常流行，近体诗开始成熟，而近体诗里边的七言绝句变成了人们很爱歌咏的歌词。"旗亭画壁"反映出来的正是这种情形：开元年间，高适、王昌龄和王之涣某天去一家酒楼喝酒，正赶上梨园主管带着十几名手下也来会饮，三位诗人就悄悄避开，在旁边偷看。只见这些歌女各展才艺，表演节目。三人议论说："我们也算诗坛名流了，但一直不分高下，正好趁这个机会，看看她们唱谁的诗最多，谁就算最强。"有一名歌女先唱开了："寒雨连江夜入吴，平明送客楚山孤。洛阳亲友如相问，一片冰心在玉壶。"王昌龄很高兴，在墙上画了一下，说："这是我的诗。"就这样唱来唱去、画来画去，王之涣眼看要输，于是他另立了一个规矩，说："这些庸脂俗粉缺乏审美眼光，咱们等那个最漂亮的歌女出场，听她唱什么。如果唱的不是我的诗，我这辈子就拜倒在你们脚下了。"过了一会，轮到那位最漂亮的歌女出场，只听她唱道："黄河远上白云间，一片孤城万仞山。羌笛何须怨杨柳，春风不度玉门关。"正是王之涣的《凉州词》。

这个故事说明了当时的一个社会风俗：绝句是被拿来唱的。尤其值得注意的是，王之涣这首诗题目叫做《凉州词》，不是《凉州诗》。

朱熹推测词就是由诗变过来的：古乐府的歌词就是诗，只是唱起来的时候，中间会夹杂很多泛声，后人怕把那些泛声丢了，就逐一填上实字，于是就成了长短不齐的句子，这就是词。（《朱子语类》）

我们就用王之涣的《凉州词》做个例子好了。如果唱起来，可能是这样的："黄河远上 [那个] 白云间 [哎]，一片孤城万仞山 [呀呼嘿]……"后人把 [那个]、[哎]、[呀呼嘿] 填上了实字，就变成了句式长短不齐的词。

但这个说法恐怕并不可靠。唐朝的时候或许并存着两种体裁：一是可以入乐的诗，二是句式长短不齐的词。只是诗更受到重视，作为文学创作而被认真保存了下来；词则是不入流的小调，唱过就忘，忘过就丢，没人认真去收集、保存它们，所以给我们留不下多少线索。

诗，有些可以入乐；词，则一定是入乐的，所以有了"曲子词"这个称呼。"词"的前边冠以"曲子"二字，显然只是花间小唱，不入流的东西。

五代时期的著名词人中，有一位名为和凝的，官运亨通，把梁、唐、晋、汉、周五个朝代的官都做遍了。和凝年轻的时候，很喜欢曲子词，填过不少，香艳得很，集为《香奁集》。后来身份高了，嫌这些小调太失身份，便派人到处去搜集销毁，还嫁祸他人，说这些都是唐朝诗人韩偓写的，和自己无关。孙光宪《北梦琐言》议论这件事，说和凝身为宰相，"厚重有德"，但名声终被艳词玷污，连契丹人都叫他"曲子相公"。可见好事不出门，坏事传千里，君子们一定要引以为戒呀！

词就像我们的流行歌曲一样，大家都爱听，都爱唱，但也都知道这是低级趣味，不入流，不能和巴赫、贝多芬相提并论。如果某位领导写一本谈古典音乐的书，我们会觉得他很有艺术修养，但如果他去写流行歌曲，我们肯定会有一种异样的感觉。

但是，流行歌曲为什么就不能高雅呢？20世纪70年代，台湾的李泰祥倡导大众歌曲，创作了一批很不大众的歌曲出来，至今仍在小圈子里传为经典；20世纪90年代，何训田放下专业架子，创作流行歌曲，也达到了同样的效果。

五代时期，李煜的词就起到了这样一个作用——这里有很大的客观原因：国破家亡了，自己由一国之君变为阶下囚，悲哀到了极点。就算还能搞歌舞、搞宴会，也没了快乐的理由，天翻地覆的身世遭遇成就了天翻地覆的词作变化。"四十年来家国，三千里地山河"，这样的词句，自然是"眼界始大，感慨遂深"，既不是别人写得来的，也不是歌女们唱得来的。后人欣赏着李煜的这些作品，才知道词原来可以这么写。尤其和《花间集》里的所有作品比起来，反差之大足以震慑人心。

王国维说："'自是人生长恨水长东''流水落花春去也，天上人间'，《金荃》《浣花》，能有此气象耶？"《金荃》指《金荃集》，是温庭筠的词集;《浣花》指《浣花集》,是韦庄的词集。温、韦二人虽然都是词坛名手,但一个是"句秀",一个是"骨秀";一个是"画屏金鹧鸪",一个是"弦上黄莺语"。在李煜的作品面前,顿时觉得境界窄小。

王国维所谓"周介存置诸温、韦之下,可谓颠倒黑白矣",是说周济在《介存斋论词杂著》中,把李煜置于温庭筠、韦庄之下,故而为此忿忿不平。其实王国维误解了周济。周的原话是,"毛嫱、西施,天下美妇人也,严妆佳,淡装亦佳,粗服乱头,不掩国色。飞卿,严妆也;端己,淡妆也;后主则粗服乱头矣"。这是用美女来比词人,说毛嫱和西施都是世界级的美女,浓妆也美,淡妆也美,就算只穿着粗布衣裳、蓬着头发,也遮掩不住天姿国色。温庭筠、韦庄和李煜都是绝色美女,只不过温是浓妆美女,韦是淡妆美女,李是穿着粗布衣裳、蓬着头发的美女。周济在这里并没有区分三人高下的意思,只是阐释了三人风格的不同,尤其对李煜的评价非常到位,说明他的作品是天然而不假雕饰,这也正是刘熙载所推崇的本色天机(见第十二节)。

"自是人生长恨水长东",出自李煜的《相见欢》:

林花谢了春红,太匆匆。无奈朝来寒雨晚来风。
胭脂泪,留人醉,几时重?自是人生长恨水长东!

这首词化自杜甫的"林花着雨胭脂湿",起句说"林花谢了春红",无非是见花落而伤春,这在诗词里是很平常的。但"太匆匆"三个字马上就不平常了,这三个字正是李煜词"粗服乱头"特点的体现,完全是大白话,却胜过所有的精美修辞,也再难找出另外三个字来取代它们。写作并不是要寻找最美丽的词,而是要找到最合适的词,把它放在最合适的位置上。

"无奈朝来寒雨晚来风","朝来"和"晚来"构成了修辞的力量;"无奈"是一国之君的无奈,面对自然界的朝雨晚风对花儿的轮番摧残,就连国君也无能为力。总有些东西是任凭你怎样都抗拒不了的,那就是命运。

"胭脂泪,留人醉,几时重",林花着雨,凄美的样子令人迷醉,还能有花儿重开、故人重来的时候吗?但一切都抵挡不了命运,花儿必定要凋谢，水必定要向东流去，人生也必定被痛苦占满；"自是人生长恨水长东"，这都是改变不了的事情啊。

"流水落花春去也，天上人间"，出自李煜的《浪淘沙》：

> 帘外雨潺潺，春意阑珊。罗衾不耐五更寒。梦里不知身是客，一晌贪欢。
> 独自莫凭栏，无限江山。别时容易见时难。流水落花春去也，天上人间。

这首词的创作背景据说是李煜投降宋朝以后，每每怀念故国，更念及嫔妃散落，自然郁郁寡欢，作了这首词之后，不久便去世了。（《苕溪渔隐丛话》引《西清诗话》）

"帘外雨潺潺，春意阑珊。罗衾不耐五更寒。"帘外下着细雨，春天快要过去了，五更天了，有些寒意，被子太薄，觉得冷了。这句话意思很简单，但给人的联想空间很大：何止是春意阑珊，国运也完了，自己的生命也快要走到尽头了。罗衾为什么耐不住五更的寒意，因为这寒意是从心底来的，是命运压在自己身上的，是无论如何也抵抗不了的。

"梦里不知身是客，一晌贪欢。"夜凉了，冻醒了，想到刚刚做梦，梦里自己不是异国的俘虏，仍然在自家的土地上贪恋着欢乐；而梦醒了，才想起世界已经变了。这句话一样可以让人产生很多联想：南唐的生活如同一场梦，等梦醒来的时候，才知道现实世界是如此的残酷。

"独自莫凭栏，无限江山。别时容易见时难。"这正是亡国之君的伤感。凭栏远望，那边辽阔的国土曾经都是自己的，就那么抛下了，再也无法回去。

"流水落花春去也，天上人间。"命运就是这样，像流水，像落花，无可挽回。"天上人间"四字最是精彩，为诗歌的"歧义空间"作了一个最好的注脚：这四个字到底是什么意思呢，和上一句有什么关系呢？我们可以联想出很多种解释，而我们想到的解释越多，也就越会感受到李煜此刻心情的难以言表的复杂。

十六

词人者，不失其赤子之心者也。故
生于深宫之中，长于妇人之手，是后主
为人君所短处，亦即为词人所长处。

这一节里，王国维给词人作了一个定义——说词人就是不失其赤子之心的人，例证就是李煜。他从小就是在深宫里成长起来的，对外界社会缺乏体验，这种经历对于做国君是很不利的，但对于做词人却是很有利的。

什么是"赤子之心"呢？我们现在使用这个词，经常用来形容爱国华侨，大概是取义于海外游子对祖国母亲的深挚的爱。这其实误会了"赤子之心"的意思，但多年来都这么讲，也就约定俗成了。如果真去追溯这个词的本义的话，那么当我们说某位爱国华侨有一颗拳拳的赤子之心，意思要么就是他对祖国怀有天生的善意，要么就是他对祖国无欲无求、无动于衷。

在王国维那里，"赤子之心"这个概念恐怕有东西方两个来源。东方的来源，较近的是明代李贽的"童心"说，最远的则可以追溯到《老子》。"赤子"的本义是婴儿，因为初生婴儿全身通红，所以叫做赤子；后来《老子》把"赤子"的含义作了发挥，把它变成自家理论体系里的一个重要概念。《老子》通行本第五十五章说"含德之厚，比于赤子"，大意是说得道高人具有婴儿的特点。婴儿的特点就是：毒虫不伤他，猛兽不咬他；他的筋骨很柔弱，拳头却握得很紧；他还没有性意识，小鸡鸡却直挺挺的，这是精气充沛的缘故；他整天哭个不停，喉咙却不会哭哑，这是元气淳和的缘故。

这话似乎有点儿夸张。所谓毒虫不伤、猛兽不咬，我们恐怕很难相信小婴儿具有这种素质。历史上影响很大的王弼曾给出过一个解释，说赤子无欲无求，谁都不会冒犯，所以毒虫猛兽什么的才不会招惹他。王弼是一位早夭的天才，如果天假时日，让他养上几个孩子，他恐怕就会被赤子的欲求搞得应接不暇了。但既然老子说了，婴儿有这种素质，我们姑且相信他吧。为什么有，老子说原因在于"精"，这个字应该是指人的生命力。钱穆认为这就是老子所谓的"德"。（《庄老通辨》）

感谢考古发现，我们可以从郭店楚简看到《老子》的原始版本，其中恰好也有"比于赤子"这段，可见这个思想相当古老，并且最接近《老子》的原貌。不过这对我们理解王国维并没有任何帮助，因为这个本子王国维从没看到过。

"赤子之心"的最直接的出处是《孟子》："大人者，不失其赤子之心者也。"连句式都和王国维这一节完全一样。采用杨伯峻的翻译，意思是："有德行的人便是能保持那种婴儿的天真淳朴的心的人。"但这个翻译只是针对字面，如果联系孟子的理论体系的话，"赤子之心"应该意译成"天性中的善心"（孟子认为善是人先天具有的本质，这就是性善论的出发点）。

我们再看看"赤子之心"这个概念在西学中的渊源。这里"赤子"有时不是指婴儿，而是指儿童。

《老子》里的得道高人会像赤子一般，西方也有这种说法。尼采所描绘的那位得道下凡的智者苏鲁支就"变为小孩了"，这意味着他变成"觉者"了。赞美孩童一度成为西方浪漫主义运动中的风气，这说明孩童的一些特质正是当时社会上所缺乏的东西。

尼采还讲过精神的三种转变，从骆驼变为狮子，从狮子变为婴儿。为什么勇猛的狮子要变成婴儿呢？婴儿比狮子强在哪里呢？尼采的解释很玄妙："婴儿乃天真，遗忘，一种新兴，一种游戏，一个自转的圆轮，

一发端的运动，一神圣的肯定。"（徐梵澄译《苏鲁支语录》）

尼采说话总爱用诗人的语言。如果我们要找一些朴素的说法，可以看看王国维的一篇《叔本华与尼采》，其中翻译叔本华的话，有一句和本节句式完全一样："天才者，不失其赤子之心者也。"接下来还有具体说明（仍是翻译叔本华的意见）：人从一初生，长到大约七岁，知识器官（大脑）就已经发育完全了，而生殖器官还没有发育完全。所以赤子能感受、能思考、能接受教育，对知识的渴望较成人深，接受知识也比成人容易。一言以蔽之：赤子的智力胜于意志。也就是说，赤子的智力的作用远远超过意志的需要。所以从某方面来看，凡是赤子，都是天才；凡是天才，都是赤子。

联系一下我在前文讲过的关于叔本华的内容，以上这段话的意思实际上是在说：小孩子的智力发育比生殖系统的发育要早，所以在这个阶段，他们在观察事物的时候并不受欲望的干扰；加之缺乏社会生活经验，眼光就更加单纯，而这正是所谓"纯粹认识主体"的特点。佛雏基于叔本华的这个思想以及席勒的"游戏说"，对王国维的这一节内容作出过很明确的解释："所谓'赤子之心'，就是指儿童般的'天真与崇高的单纯'；所谓'为词人的长处'，就是类似儿童寻找游戏的、超乎个人利害关系之上的那种'单纯'的自由心境。"（《人间词话三题》）

但不是所有人都能理解这种玄妙的看法。袁行霈提出过一个很实在的问题："李后主如果没有长期宫廷生活的经验，固然写不出反映宫廷生活的作品；但正因为他只有宫廷生活的经验，而与广阔的社会生活很隔膜，所以他的词题材、境界都较狭窄，这怎么能说是词人的长处呢？"（《中国诗歌艺术研究》）

对这一节的内容，研究者们的争议一直很大，但正确答案却意想不到的简单：王国维这里所谓的"赤子之心"，无论和儒、释、道三家也好，和叔本华、席勒也好，都没多大关系。不过是说李煜不谙人情世故而已，高兴了就写尽自己的高兴，悲伤了就写尽自己的悲伤，如实而来，如实而去，丝毫不懂得掩饰。

最低限度来说，王国维这个"赤子之心"的含义不可能是叔本华式的。因为李煜的词恰恰最反映自己的欲望，全是在利害关系里纠结着，一点都不超然。我们前边已经看过他的《相见欢》（林花谢了春红）和《浪淘沙》（帘外雨潺潺），哪里是以"类似儿童寻找游戏的、超乎个人利害关系之上的那种'单纯'的自由心境"来观察事物呢，无论看花儿凋谢还是听春雨潺潺，全都投射着自己心底的悲戚，这至少应该算是《人间词话》第三节所说的"有我之境，以我观物，故物皆著我之色彩"。于是花也愁，雨也愁，这个世界都是恨意。人生长恨水长东，难道不是吗？

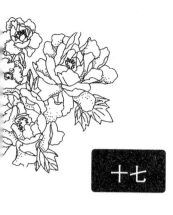

十七

客观之诗人，不可不多阅世。阅世愈深，则材料愈丰富，愈变化，《水浒》、《红楼梦》之作者是也。主观之诗人，不必多阅世。阅世愈浅，则性情愈真，李后主是也。

在这一节里，王国维把诗人分成了两类：客观诗人和主观诗人。顾名思义，客观诗人搞创作，要基于对客观世界的充分了解，了解得越深入，掌握的材料就越是丰富多彩，《水浒传》和《红楼梦》的作者就是这类的。主观诗人则相反，涉世越浅越好，只有不谙人情世故才能保有真实的性情，李煜就是这样的人。

这一节可以为上一节作一个注脚，因为它恰好说明了我在上一节里所作的结论：王国维所谓的"赤子之心"，不过是说李煜不谙人情世故而已。而这一节内容看似简单，却充分暴露了王国维美学体系的矛盾性、复杂性。

首先我们会注意到一个细节：王国维所谓的客观诗人，是《水浒传》《红楼梦》的作者一类的，可这两部书明明都不是诗歌，而是小说呀。我们说小说作者是诗人，这样可以吗？

王国维所谓的主观诗人才是我们一般观念中的诗人，但诗人怎么能和小说家放到一起来作比较呢？

这个划分，并不是中国传统的，而是西式的。我在第三节里讲过，叔本华对主观性（有我之境）是相当排斥的，他把文学体裁作了一个由低到高的排序，位于序列最底端的是抒情诗，因为抒情诗的主观性最强；位于最高端的是戏剧，因为他认为戏剧完全摆脱了主观性。当时我没讲的是，在这个序列里，小说的位置比抒情诗高很多——比史诗高一点，比戏剧低一点，因为叔本华认为小说已经把主观性降到很低了。（但我们一定要留意，这仅仅针对叔本华当时的小说界而言，他并没有预料到小说到后来发展出了那么多现代流派，尤其是意识流小说，完全就是主观的。）

这样我们就可以看到，王国维对客观诗人和主观诗人的划分是从叔本华这个序列里来的。所谓客观诗人，基本相当于叔本华那里的史诗作家、小说家和戏剧家；而所谓主观诗人，基本就是叔本华那里的抒情诗人。在移植的过程中，名词没有配合好，所以《水浒传》和《红楼梦》的作者就变成诗人了。

但是，叔本华设置那个序列，是为了说明文学体裁因为主观性含量的不同而有高低贵贱之别，比如抒情诗写得再好，也是低档次的艺术。但王国维不这么看，他把客观诗人和主观诗人放在同等的地位上，认为他们只是类型不同，却没有高低贵贱之分，一首几十字的小词不一定就比一部几百万字的小说低级。

那么，王国维这里对叔本华的反对，是否意味着他在反对着叔本华的"美是客观的"这个命题呢？也不尽然，这在《人间词话》下一节"后主则俨有释迦、基督担荷人类罪恶之意"这一句里可以看出几分线索，我们也留到下一节再议。

抛开这个问题，这一节的内容还是很难让人理解，所以遇到过很多的质疑和责难。最典型的一种就是：李后主恰恰是亡国之君，阅世很深、感受很重，所以才写出了那么多好作品。如果只看他在亡国之前的南唐小朝廷里写的词，也不见得有多好，可那时候不是阅世浅吗？有人这样指出过王国维的自相矛盾：如果阅世愈浅则性情愈真，性情愈真则赤子之心愈纯，赤子之心愈纯则愈能产生好作品。那么，李后主最好的作品不该是亡国被俘之后的那些，而应该是在此之前的那些。李后主在被俘之后，赤子之心必定破损，而其全真之时一定是在养尊处优的时候。但是，《人间词话》论及李后主的词有十几次之多，好像全都说的是他被俘之后的词，这是什么道理呢？

这样的质疑相当有力。正如我在序言里讲过的，《人间词话》是新旧交接时代的作品，所以带着不少中国传统文论的痕迹，不像现代学术这样严谨。而在这一节里，王国维主要的意思是：李煜的"深宫之中，妇人之手"的成长环境使他相对隔绝于外部世界，所以不谙世故，心性如同一个孩子。正是这个特点，使他在遭遇巨大变故的时候能以真性情抒写自己的感受，而不是卧薪尝胆或者韬光养晦。的确，没有国破家亡的"阅世"经历不足以成就李煜的诗艺，只不过王国维这里强调的是造成这一结果的主观性的一面。

所以，这些质疑的最恰当的靶子其实应该是叔本华美学。在叔本华眼里，客观世界的阅历对于真正的艺术家来说，不过是可有可无的补充。正如我在第三节里讲到的：莎士比亚就是一个很能说明问题的例子。在我们看来，莎翁之所以创作出那么多经典的戏剧，塑造了那么多各异的人物，自然是他深深扎根于生活的结果。但叔本华认为莎翁的成就来源于他具有普通人多没有的"人性的预期"，即他可以迅速而准确地把握这种或那种性格的"理念"。

在我们新中国的文学批评传统里，强调的是主、客观的统一。也就是说，诗人既要有主观上的真诚，又要有丰富的生活阅历，这样才能创作出好的作品，两者是缺一不可的。而在西方的批评传统里，情况就复杂得多，比如普鲁斯特，以一颗敏感的心灵过着很封闭的生活，结果写出了《追忆似水年华》这样的大部头来。

虽然在我所了解过的人里，还没有任何一位看完过这部书（不得不承认，它确实非常沉闷，心中一点点敏感的波动就能抻出几十页的篇幅，还不喜欢分段。我自己也没看完），但它的的确确是文学史上的一部经典之作。

再如卡夫卡、狄金森，也是这一类当中的典型人物。他们完全没有深入到人民群众当中去，和人民群众打成一片，只是一味地进行着闭门造车式的写作。

这或许是一个应该如何理解所谓生活阅历的问题——本雅明讲过一种极端的情况：一个人在牢房里过一辈子，也是一种阅历。这就意味着：第一，"绝对的没有阅历"在现实生活中是根本不存在的；第二，没有阅历其实也是一种阅历，并且是一种相当独特的阅历（当然，有些人因为在坐牢之前有过丰富的生活阅历，所以在牢狱生涯里就有了数不尽的回忆可供写作，还可以基于回忆生发许多崭新的想象。萨德就是典型的例子，也许很多人更喜欢这样的作家）。

十八

尼采谓："一切文学，余爱以血书者。"后主之词，真所谓以血书者也。宋道君皇帝《燕山亭》词亦略似之。然道君不过自道身世之感，后主则俨有释迦、基督担荷人类罪恶之意，其大小固不同矣。

王国维借用尼采的话，说李煜的词是"以血书者"。又因为尼采说"一切文学，余爱以血书者"，似乎这种用血来写就的文学是层次最高的。但我们看看李煜在亡国之后的创作和生活，整天哭哭啼啼、悲悲切切的，眼泪多到可以"日夕洗面"，血却不见半滴。这样的人，这样的作品，恰恰是尼采最看不起的。

"一切文学，余爱以血书者"，这句话出自尼采的《查拉图斯特拉如是说》，以1930年代徐梵澄的译本《苏鲁支语录》最为有名。徐译本是这样说的："凡一切已经写下的，我只爱其人用其血写下的。用血写，然后你将体会到，血便是精义。"这就比王国维引用的要精确一些。但在新译本里，"血"变成了"心血"："一切写作之物，我只喜爱作者用自己的心血写成的。用你的心血写作吧，你将知道心血便是精神。"我不懂德语，无法判断谁对谁错，只能感觉徐译本很诗意，新译本很通俗。

从《查拉图斯特拉如是说》的上下文来看，尼采这么说，首先要表达的意思是：最高端的作品是作者用血写的，所以读者就算不必用血去读，至少也要拉出近似的架势，因为别人的血是不容易读懂的。以消闲的态度来读书的人是最可恨的，但无奈这样的人很多，所以最好不要让每个人都有读书的权利。否则的话，不但会损害写作，更会损害思想。

尼采还提出了这样两点：一、深知读者的人，不会再给读者写作；二、读者应该是"伟大高强"的。以尼采的标准，我是不配写书的，各位肯定也不配读书，我们都做不来尼采哲学中的"超人"。

但是，李煜就合格吗？——答案显而易见，李煜是最不合格的，因为《查拉图斯特拉如是说》的下文完全告诉了我们："你们希望高举时，你们仰望着。我却俯视着，因为我在高处。"再如"你们中间谁能又笑又在高处呢？站在最高山上的人，笑看着戏台上生命里的一切真假悲剧"，再如"智慧是女郎，只爱战士"。而李煜呢，既没有站在高处笑看人生悲喜，更不是一个战士，只是一个受了重创的大孩子罢了。

所以，王国维这里引述尼采，实在有断章取义之嫌。而他所谓"以血书"的真实含义，其实是中国传统上的"杜鹃啼血"——古蜀国的国君杜宇惨遭亡国之痛，化为杜鹃鸟，叫声凄厉，啼到血出才会停歇。在南宋亡国之后，成为元军俘虏的文天祥被押往大都（今北京），在经过金陵（今南京）的时候，不舍故国，感慨万千，写下"从今别却江南路，化作啼鹃带血归"，是说自己这一去，不可能再回来了，但魂魄一定会化作啼血的杜鹃，飞回这片自己深爱的土地。

当然，说李煜"以血书"是杜鹃啼血之血，并非说他到了文天祥的高度，只是说他也和古蜀国的杜宇前辈一样，以亡国之君的身份倾诉自己的悲哀，无遮无拦，一发而不可收拾，直到血出。所以王国维只是借用了尼采"一切文学，余爱以血书者"这句话的形式，在实际内容上完全和尼采相反。

同样是亡国之君的哀鸣，王国维以宋徽宗的《燕山亭》和李煜的词来作比较。宋徽宗也写得凄凉哀怨，但到底不如李煜。这个"不如"到底在哪里呢？我们先看看这首《燕山亭·北行见杏花》：

裁翦冰绡，轻叠数重，淡著胭脂匀注。新样靓妆，艳溢香融，羞杀蕊珠宫女。易得凋零，更多少无情风雨。愁苦。问院落凄凉，几番春暮。

　　凭寄离恨重重，这双燕，何曾会人言语。天遥地远，万水千山，知他故宫何处？怎不思量，除梦里有时曾去。无据。和梦也、新来不做。

　　宋徽宗和李煜非常相似，都是工诗善画，文化修养极高，最讲生活情趣，在深宫之中和妇人之手里悠游自在。结果李煜做了宋朝的俘虏，宋徽宗做了金国的俘虏。

　　宋徽宗在写这首词的时候，正作为金兵的俘虏，被押解北上。途中见到杏花开放，不禁感慨系之，写下了这首《燕山亭》。开篇先描写杏花的美丽："裁翦冰绡，轻叠数重，淡著胭脂匀注。新样靓妆，艳溢香融，羞杀蕊珠宫女。""蕊珠宫"是道家仙宫，宋徽宗笃信道教，自称"道君皇帝"，所以用到这个典故来切合自家身份。这一句遣词造句温柔旖旎，先描绘杏花的细部之美，再把它们和宫中美女作比较。如果我们只看这几句，不会想到这是亡国之君在哀叹身世。

　　哀叹转眼即至："易得凋零，更多少无情风雨。"杏花虽然美丽，但过于脆弱了，很容易就会凋零，更何况还有无情风雨来摧残呢。从这里可以联想到作者自身：本是太平皇帝，吃喝玩乐最当行，从没经过风雨、见过彩虹，本该受到小心呵护才是，谁知道遭了国难，这可如何承受！无法承受，但除了发愁也别无办法："愁苦。问院落凄凉，几番春暮。"

　　下片转折："凭寄离恨重重，这双燕，何曾会人言语。天遥地远，万水千山，知他故宫何处？"这是说很想念原来生活的地方，但自己做了俘虏，回不去了，只能拜托燕子回去看看。但和燕子很难交流，存在语言障碍，而自己越走越远，这山长水阔的，就算燕子肯听自己的，它能找到那片南方的宫殿吗？这也容易让人产生另一种联想：就算燕子飞回去了，但江山已经易主，宫阙已经换了旗帜，物是人非，"离恨重重"又该向谁诉说呢？

　　"怎不思量，除梦里有时曾去。无据。和梦也、新来不做。"到最后这两句，语言越来越悲，情绪越来越低：再远也想回去，但只是在梦里才能回去，最近却连梦都不做了。

这首词在宋词里也算名篇，况周颐说填词贵在一个"真"字，宋徽宗这首《燕山亭》和李后主的《虞美人》都是因为"真"而出类拔萃的。（《蕙风词话》）但况周颐这回没说到要害处，"真"确实不假，两首词都是真情实感、真心实意，但李后主的《虞美人》就是胜过宋徽宗的《燕山亭》，这是另有一番道理的。

先问一个问题：人在最极端的情况下，会怎样表露心声呢？

一个熟练掌握七八门外语的人，你怎么知道哪个才是他的母语呢？很简单，偷偷地袭击他一下，听他用哪国话叫出来，那就是他的母语。我们看宋徽宗这首《燕山亭》，一开始就是"裁剪冰绡，轻叠数重，淡著胭脂匀注。新样靓妆，艳溢香融，羞杀蕊珠宫女"，仍然能观察到杏花的细部之美，仍然能用充满装饰感的遣词造句来描绘杏花，仍然对杏花有一种欣赏的姿态，这只能说明一个问题：宋徽宗还没被逼到说母语的时候。对照一下李煜的《虞美人》，我们的感受就更清晰了：

春花秋月何时了，往事知多少？小楼昨夜又东风，故国不堪回首月明中。

雕栏玉砌应犹在，只是朱颜改。问君能有几多愁，恰似一江春水向东流。

这首词完全是铺陈而出的，用术语来说，这叫赋体。作者完全没有心思去观察细节、描绘入微、雕琢修辞，完全是直抒胸臆，一气呵成。这就说明李煜真被生活砸疼了，说母语了。

王国维也说李煜的《虞美人》高于宋徽宗的《燕山亭》，但他说的是一番很可疑的道理：宋徽宗不过是自道身世的悲哀，词意局限于个人；李后主则俨然有佛陀、基督那般承担全人类罪恶之意，两者有大小之不同。

先说这个"其大小固不同矣"。研究者们往往把它理解为境界的大小之别，这就疏忽了《人间词话》第八节的"境界有大小，不以是而分优劣"，所以这一节里的"大小"不是说境界的大小。这用康德和叔本华的观点来解释是很恰当的：美是客观的，《虞美人》达到了客观，具有普世性；《燕山亭》却很主观，没有普世性。

仅从这一节的字面来看，以上所述似乎不合乎王国维自己的意思，因为他把李后主抬到了一个和佛陀、耶稣比肩的高度，认为他有"担荷人类罪恶之意"。但是，难道李后主是一位伟大的马克思主义战士不成？这实在令人匪夷所思。

任凭我们把《虞美人》乃至李后主的所有作品读上多少遍，也找不出一丝一毫的"担荷人类罪恶之意"。而且，从他的生平来看，我们也很难想象他能有这样高尚的情怀。所以《人间词话》的这一节内容是在新中国的文艺理论界最受诟病的。比如有人说王国维竟然把李煜抒发没落贵族悲苦的、一己的狭隘感情的作品看做"以血书者"，还和"救世主"的胸怀作类比，很明显这是一种形式主义的看法。无论释迦、基督的教义及宗旨是什么，也和李煜自伤自怜的感情状况不同。（转述徐翰逢《人间词话随论》，1960）还有人指出："我们今天必须摆脱王国维这些理论的影响，用阶级分析的方法去评价李后主，才能正确地估计他在文学史上的地位。"（张文勋《从人间词话看王国维的美学思想实质》，1964）这些话在如今看来虽然有些隔膜感，但仍然是有道理的。还是周煦良说得最直接："试问李煜的词有哪一首、哪一句有担荷人类罪恶之意？恐怕连丝毫的自忏自嗔之意也没有。"（《人间词话评述》，1980）

我想王国维之所以会犯这个低级错误，恐怕是词不达意造成的。他所谓的"担荷人类罪恶之意"是一个过于夸张的修辞方式，而实质上无非是沿袭康德、叔本华的客观之美的说法，认为李后主的词虽然仅为一己之悲怆而发，却表达出了人类共有的悲哀，是可以被所有人欣赏的；而宋徽宗的《燕山亭》最多只能获得和他有相似遭遇的人的共鸣。

的确，"流水落花春去也"，"林花谢了春红，太匆匆"，"自是人生长恨水长东"，对于这些词句，即便我们没有和李后主相似的遭遇，也完全可以欣赏、领会。就连一个普通中学生，他不曾生长于深宫之中、妇人之手，也没有国破家亡、归为臣虏的遭际，仅仅是这个学期的考试成绩一直很差，便也能和"自是人生长恨水长东"这句词心心相通。但当他读到"新样靓妆，艳溢香融，羞杀蕊珠宫女"的时候，很可能会无动于衷的。

十九

冯正中词虽不失五代风格而堂庑特大，开北宋一代风气。与中、后二主词皆在《花间》范围之外，宜《花间集》中不登其只字也。

王国维很推崇冯延巳，在这短短一节里，他提到了冯词的两方面问题：一是风格，二是在词史上的地位。

关于冯词的风格，王国维用了"虽不失五代风格，而堂庑特大"来形容。前半句是说冯词仍不脱《花间集》的主流调子：男欢女爱、风花雪月、莺歌燕舞，这是和时代大风气相同的一面；后半句是说和时代大风气不同的一面：视野开阔。

王国维用的是"堂庑特大"四个字，所谓堂庑，"堂"一般泛指房屋的正厅，"庑"则是堂下的围廊和廊屋。说冯延巳"堂庑特大"，字面意思就是说他房子特大，院子特大，引申意思就是视野特大。以"堂庑"的大小来论词，刘熙载的《艺概》里也曾用过，说梁武帝等人的一些作品虽然略略具备了词的形式，而"堂庑未大"，直到李白《菩萨蛮》和《忆秦娥》的出现才为之一变。

研究者们经常把"堂庑特大"作许多引申，比如气度弘大、境界高远等等。但我们仅就"视野"的字面意思来看，冯延巳的词且不论气度如何、境界如何，视野确实比同时代的人都大。

我们可以作一个比喻。温庭筠好比一个住在钢筋水泥森林里的人，无论向哪个方向看，看不出五十米就会被楼群挡住，所以他的词所描绘的画面都很局限：小屋子，小院子，小花小草小鱼小鸟，还有一个小女人。无论他的艺术手法多么高妙，无论他有多么深远的寄托，但词的视野就是这么大。

而冯延巳是个高官，住在半山区的豪华别墅里，出门一看，隔着一个网球场和一个游泳池才是停车的地方，再过去才是院子的大门，稍微把眼角挑一挑，就是连绵的青山，整座的城市，无垠的大海……

比如《鹊踏枝》（粉映墙头寒欲尽）：

粉映墙头寒欲尽。宫漏长时，酒醒人犹困。一点春心无限恨。罗衣印满啼妆粉。

柳岸花飞寒食近。陌上行人，杳不传芳信。楼上重檐山隐隐。东风尽日吹蝉鬓。

题材依然很窄，写闺怨，写相思。但眼界开阔在哪里呢，尤其在最后两句："楼上重檐山隐隐。东风尽日吹蝉鬓。"陈秋帆说这首词都是从温庭筠的一些词句中脱胎而来的，这些温词是："青琐对芳菲，玉关音信稀"、"金雁一双飞，泪眼沾绣衣"、"音信不归来，社前双燕回"等等。（《阳春集笺》）我们即便承认陈秋帆所说不差，但我们比较一下温词的这几句所谓原型和冯延巳的这首词差别在哪里，就更能体会到视野的差异了。

再看一首《鹊踏枝》（梅花繁枝千万片）：

梅花繁枝千万片。犹自多情，学雪随风转。昨夜笙歌容易散。酒醒添得愁无限。

楼上春山寒四面。过尽征鸿，暮景烟深浅。一晌凭阑人不见。鲛绡掩泪思量遍。

仍然是闺怨、相思的主题。开篇"梅花繁枝千万片"，便已然不是温庭筠"小山重叠金明灭"的视野；到下片"楼上春山寒四面。过尽征鸿，暮景烟深浅"，这对歌筵酒席上的艳词小调来说是何等开阔的画面，而只有在这等开阔画面的烘托下，下一句"一晌凭阑人不见。鲛绡掩泪思量遍"才显得那么有力——"凭阑"看到的是什么，是"楼上春山寒四面。过尽征鸿，暮景烟深浅"。

再看一首《临江仙》（秣陵江上多离别）：

秣陵江上多离别，雨晴芳草烟深。路遥人去马嘶沉。青帘斜挂，新柳万枝金。

隔江何处吹横笛？沙头惊起双禽。徘徊一晌几般心。天长烟远，凝恨独沾襟。

这首词抒写离情。俞陛云有过一段很好的评语，大意是说，只是寻常的离情别绪，但一经高手写出来，自有高浑之处。（《五代词选释》）"高浑"这个词用得极好，高远，浑然，正是这首词的特点。

再看一首《临江仙》（冷红飘起桃花片）：

冷红飘起桃花片，青春意绪阑珊。画楼帘幕卷轻寒。酒馀人散后，独自凭阑干。

夕阳千里连芳草，萋萋愁煞王孙。徘徊飞尽碧天云。凤城何处是，明月照黄昏。

这首词是我心中的冯延巳最顶尖的作品，但一般选本都不选它，非常遗憾，现在正好借这个机会给大家介绍一下。

丰子恺有一幅很有名的小画，画面上是一家小店的半张空桌子，天上有一弯新月，画面右边题着字："人散后，一钩新月天如水。"这样简单的一幅小画，很好地传达了一种悠然闲适的情趣，还有几分莫名的怅惘。这幅画的场景其实和冯延巳这首《临江仙》（冷红飘起桃花片）基本相同，但对照之下我们就能发现：前者的情趣是属于小文人的，属于老百姓的，后者的情趣却属于"堂庑特大"的宰相。

"冷红飘起桃花片，青春意绪阑珊。"桃花乱飘了，天凉了，兴头减下来了。"画楼帘幕卷轻寒。酒馀人散后，独自凭阑干。"画楼上的宴会结束了，桌子上还剩着一些酒，但人都走光了，只有主人公还没有走，一个人倚着阑干，漫无目的地看着什么。

看到了什么呢？"夕阳千里连芳草，萋萋愁煞王孙。"方才还是画楼里的小景、近景，况且人都散了，应该更冷清了才对。而主人公百无聊赖地这一凭栏，却陡然间视野远大，直至无垠。单是在视野上这个迅速的切换、高度的反差，已经足以让读者的心海掀起波澜了。

从芳草萋萋想到远行的不归客，视野仍在开阔；但再开阔的视野也望不到心中的目标，于是这一句"徘徊飞尽碧天云。凤城何处是，明月照黄昏"虽然字面上不带任何情绪，却让人感到那一刹那忧从中来，不可断绝，一种透骨的悲凉迅速弥漫全身。凡是有理想而看不到出路的人，应该对这首词有最强烈的认同感。

再者，"凤城"一般代指京城。于是，"凤城何处是，明月照黄昏"也就让读者感到了一丝隐隐的政治隐喻，似是李白的"总为浮云能蔽日，长安不见使人愁"，但表达得更为含蓄，若有若无，无法指实。

我们看冯延巳这几首词的主题，无非是闺怨、秋思、伤别，不出《花间集》的模式，都是一些小题材。所以，有些前辈研究者很不服气王国维的判断，说冯词除了写离恨别情、男欢女爱之外，实在找不到别的内容。（徐翰逢《人间词话随论》，1960）这个理由其实一点儿不错，冯词的内容确实也只是些离情别恨、男欢女爱，但问题的重点是：别人表现这些小题材，都用室内剧来拍；而冯延巳之所以"堂庑特大"，就是因为他善拍外景，甚至用上广角镜头，把室内剧当成电影来拍。牛刀杀鸡，效果是不一样的。这是冯延巳的作品中最突出的特点，善于欣赏的读者就会从这方面着眼。王国维就是识家，所以一语中的。而其他人，甚至在词学领域和王国维齐名的陈廷焯，只看出了冯词的"冯正中词，极沉郁之致，穷顿挫之妙，缠绵忠厚"，却没有看出堂庑之别。所以，排座次的时候说冯延巳"与温、韦相伯仲也"，只认为他和温庭筠、韦庄在伯仲之间，这实在低估了冯延巳。

接下来，王国维说冯延巳的词"开北宋一代风气"。此话怎讲呢？

施蛰存曾说冯词继承了楚辞的寄托手法，在词的内容上有所拓展。所以，为北宋词人开了先河。但正如我们在前文看到的，冯词并没有在内容上有任何突破，所谓突破只是就写作手法而言。而冯延巳所开启的北宋词风，在内容上其实也没有比五代有太大的突破。

冯延巳对北宋词坛风气的影响，是有明显的脉络可寻的。叶嘉莹发挥冯煦的观点，说冯延巳在一次被罢相之后，外出做了三年的昭武军抚州节度使。抚州地在江西，当地应该没少流传他的唱词，而被冯煦誉为"北宋倚声家之初祖"的晏殊就是在这个地方出生的，还从小就喜欢冯延巳的词。晏殊做主考官的时候，选拔了另外一个人才，就是欧阳修。欧阳修虽然不是江西出生的，但祖籍也是江西。所以，中国词史上有人就说，不但诗史上有所谓江西诗派的黄山谷、陈后山这一派的江西诗人，词的历史之中也有江西一派的词人，所说的就是冯延巳影响之下的晏殊、欧阳修这一派词人。中国的词就是在他们这几个人的手里，以他们生平遭遇，使得这么短小的爱情词的境界开阔了。(《唐宋词十七讲》)

这番话用在晏殊身上是相当妥帖的，但用在欧阳修身上，多少有点牵强。欧阳修的词风和冯延巳很像，有些很好的作品（比如《蝶恋花》"庭院深深深几许"）既在冯延巳的词集里出现，也在欧阳修的词集里出现，很难判定真作者到底是谁。但是，如果要在地域上找到这两位名家的关联的话，欧阳修就算能把祖籍追溯到江西，但他出生在绵州（四川绵阳），四岁就到随州（湖北随州）去住了，直到十七岁应举仍在随州，二十岁那年才从随州赴京应礼部试。所以，要说欧阳修受江西词风的熏陶，还缺乏必要的证据。

《花间集》是五代时期的词集，却漏选了这个时期水平最高的三位词人：冯延巳、李璟、李煜。这到底有什么缘故，恐怕读过《花间集》的人都会感到费解。王国维自然也思考过这个问题，结论是：冯延巳的词"与中、后二主词皆在《花间》范围之外，宜《花间集》中不登其只字也"——这是一个貌似合理的答案，但似乎也是一个由正确的理由所推出的错误的答案。

冯延巳的词的确超越了《花间集》，南唐这三位君臣：李璟、李煜、冯延巳，写词的境界都超出了《花间集》那个小小的藩篱。但是，《花间集》不收录他们的作品，并不是因为鸭群看不惯白天鹅，而是客观环境使然。龙榆生指出过王国维的这个错误，大意是说，《花间集》的编者是后蜀的赵崇祚，鉴于"蜀道之难，难于上青天"，选录的词人除了个别晚唐人物之外，主要都是蜀地之人。至于李后主，还有一个时代太晚的原因。(《唐宋名家词选》)

在《人间词话》手稿本里，这一节的内容是这样的："冯正中词虽不失五代风格而堂庑特大，开北宋一代风气。中、后二主皆未逮其精诣，《花间》于南唐人词中虽录张泌作而独不登正中只字，岂当时文采为功名所掩耶？"

看来王国维首先发现的问题是：《花间集》倘若完全不录南唐词人倒也罢了，而唯独收录了张泌的二十七首，对远胜于张泌的冯延巳却只字未收，这是什么道理呢？王做出的推测是：大概是冯延巳位居宰相，事功卓著，功名遮掩了文名吧。

其实，《花间集》里的这位张泌很可能根本就不是南唐的张泌，夏承焘和俞平伯都持这种意见。而对这个问题首先发难的人应是胡适，他推测张泌可能也是蜀地的人。我见过的最详细的考据是在姜方锬的《蜀词人评传》里，感兴趣的人可以去翻翻，我这里就不做更多的解释了。

《人间词话》手定本和手稿本的这点差异，说明王国维已经认识到了《花间集》的张泌可能不是南唐的张泌，所以做了修改，尤其把最后一句改做"宜《花间集》中不登其只字也"，这个"宜"字是耐人寻味的。它是一个模糊的用词，我们既可以理解为前文讲过的那个意思，也可以理解为王国维其实知道《花间集》不录南唐词作的真实原因。但在这一节里，他仅仅是从作品风格的角度考虑，认为《花间集》不录南唐三大名家的作品是有道理的。

正中词除《鹊踏枝》《菩萨蛮》十数阕最煊赫外，如《醉花间》之"高树鹊衔巢，斜月明寒草"，余谓：韦苏州之"流萤渡高阁"、孟襄阳之"疏雨滴梧桐"，不能过也。

冯延巳最出名的作品是《鹊踏枝》、《菩萨蛮》词牌下的十几首词（我在前文已经讲过一些）。王国维认为，非但这些主要作品很好，冯词中的一些次要作品也很好——如《醉花间》里的一句"高树鹊衔巢，斜月明寒草"，就连唐代大诗人韦应物和孟浩然在同一类诗篇中的名句也超不过它。

这首《醉花间》的全文是这样的：

晴雪小园春未到。池边梅自早。高树鹊衔巢，斜月明寒草。

山川风景好，自古金陵道。少年看却老。相逢莫厌金杯，别离多，相会少。

上片写冬末春初的好风景，下片感叹人生聚少离多、年华易逝，劝人劝己及时行乐。王国维把"高树鹊衔巢，斜月明寒草"这两句标举出来，和唐代五言诗中的名句去比较。我们看这两句诗，确实很有唐人五言诗的味道：上句一个"衔"字，以细小的"动"反衬出无边的"静"。而在高高的树梢上，在广袤的天空背景下，一只鹊儿衔枝筑巢显得如此渺小，一种淡淡的伤感气氛一下子就传达出来了；下句一个"明"字，以斜月的微明反衬出四下的幽暗，何况月斜而草寒，给人空旷、萧条、落寞的感受。这短短十个字，看似简单，其实很见技巧、见功力、见心思。

五言诗写景的手法，主要就是这种结构，在很平常的名词里边嵌入一个很传神的动词。比如最有名的那句五言诗"池塘生春草"，就是这一结构的典范。我们再看王国维拿来做比较的韦应物的"流萤渡高阁"和孟浩然的"疏雨滴梧桐"，都是这个类型。

王国维做这个比较，还有一层深意，是要抬高词的地位，把词和诗抬到同等的高度。五言诗是诗里最古雅的一类，韦应物和孟浩然又都是唐代的五言高手。如果冯延巳的小词在艺术高度上并不逊色于韦、孟二人的五言佳作，词自然也就不逊于诗了。

韦应物做过苏州刺史，所以人称韦苏州。"流萤渡高阁"出自他的《寺居独夜寄崔主簿》：

> 幽人寂不寐，木叶纷纷落。
> 寒雨暗深更，流萤渡高阁。
> 坐使青灯晓，还伤夏衣薄。
> 宁知岁方晏，离居更萧索。

这首诗很像五言律诗，尤其从额联、颈联的对仗来看就更像，但它其实是一首五言古诗，理由是：第一，押仄声韵（这是一个有争议的标准）；第二，不合律诗的平仄规则。

"寒雨暗深更，流萤渡高阁"，究竟好在哪里呢？用传统诗论的语言，我们可以称之为俊雅清逸；但在描写流萤的诗句里，这就是最好的吗？也不尽然。好古的人推重唐诗，但也有人认为后来居上，比如清代方浚师为了批驳《养一斋诗话》，举过好几个例子：有元代范德机的"雨止修竹间，流萤夜深至"，有清代王士禛的"萤火出深碧，池荷闻暗香"，有南朝梁人刘孝威的"栖禽动夜竹，流萤出暗墙"，还有唐人王勃的"复此凉飙至，空山飞夜萤"；说这些诗句都在韦应物的"寒雨暗深更，流萤渡高阁"之上。尤其是王士禛的"萤火出深碧，池荷闻暗香"，妙在一个"出"字，而且两句一个写视觉感受，一个写嗅觉感受，境最高，律最细。（《蕉轩随录》）但无论怎么比较，以上这些诗句都不失一流高手的水准，冯延巳的"高树鹊衔巢，斜月明寒草"如果列入其中，比哪一句逊色呢？

孟浩然是襄阳人，所以人称孟襄阳。在诗歌史上，他的"疏雨滴梧桐"远比韦应物的"流萤渡高阁"地位更高。而这句诗并不出自于孟浩然的具体某一首诗，而是一次联句活动的产物：孟浩然是个隐士，在鹿门山隐居，不惑之年出游京师，和当时的一干名士在秘书省联句。所谓联句，就是大家就一个主题、一个韵脚，集体创作一首诗，按顺序每人一句或两句。最为大家熟悉的联句应该就是《红楼梦》里海棠诗社搞的活动，"寒塘渡鹤影，冷月葬花魂"云云，诗越联越长，蔚为壮观。但孟浩然参加的这次联句活动却半途而废了，因为当轮到孟浩然的时候，他吟出了一句"微云淡河汉，疏雨滴梧桐"。在座之人无不佩服，知道自己若再联下去，只能是狗尾续貂，于是就此作罢。王维尤其喜欢这两句，经常吟诵，击节称赏不已。（《唐才子传》，《唐摭言》）

如此精彩的两句诗却只是断章，并非完璧。明代"后七子"的代表人物王世贞深叹此事，还举出其他两个断句，说后人也有为之续成全篇的，但不般配。（《艺苑卮言》）清人王士禛则举出过一些最受激赏的五言名句，除"微云淡河汉，疏雨滴梧桐"之外，还有王湾的"海日生残夜，江春入旧年"，有柳文畅的"亭皋木叶下，陇首秋云飞"，有马戴的"猿啼洞庭树，人在木兰舟"，有王籍的"蝉噪林逾静，鸟鸣山更幽"，有司空图的"曲塘春尽雨，方响夜深船"：说好好玩味这几句诗，可悟五言三昧。（《香祖笔记》）

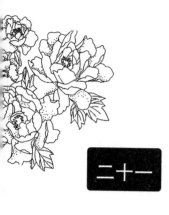

欧九《浣溪沙》词"绿杨楼外出秋千",晁补之谓:只一"出"字,便后人所不能道。余谓:此本于正中《上行杯》词"柳外秋千出画墙",但欧语尤工耳。

王国维继续标举冯延巳的高妙之处。欧阳修有一句词"绿杨楼外出秋千",和他同时代的文学家晁补之盛赞道:只是这句子里的一个"出"字就是后人道不出的。但王国维说,欧阳修这句词其实脱胎于冯延巳的"柳外秋千出画墙",只是比冯词更工而已。

"绿杨楼外出秋千",出自欧阳修的《浣溪沙》(堤上游人逐画船):

堤上游人逐画船,拍堤春水四垂天。绿杨楼外出秋千。
白发戴花君莫笑,六幺催拍盏频传。人生何处似樽前。

这首词是欧阳修在颍州(今安徽阜阳)写的。当时欧阳修以自己害眼病为由,申请调到一个小郡工作,这才到了颍州。事实上是政治斗争太激烈了,欧阳修有点招架不住,这才暂避锋芒,主动退让,没多久又升官回到中央去了。(欧阳修《谢转礼部郎中表》)

宋朝自太祖皇帝"杯酒释兵权"、鼓励开国元勋们纵情声色之后，社会上就一直弥漫着一种享乐主义风气。即便是著名的好官，也往往爱歌舞、爱排场、爱搞工程，最典型的例子就是苏轼。欧阳修也是这种做派，在短短的颍州任上，他看中了当地的著名风景区——颍州西湖，于是很积极地在湖上种莲藕，在湖畔种杨柳，更积极地邀集同僚在颍州西湖上泛舟纵酒。这首《浣溪沙》（堤上游人逐画船）写的就是一次游湖的场面。

上片是写人在画船之中看到的风景：坐船太风光了，场面太醒目了，自己又是当地的父母官，于是惹得堤岸上的游人追着看热闹；湖水拍打着堤岸，天幕四垂，却见绿杨丛里、小楼墙外，有美女坐着秋千荡了出来——这马上给人很好的画面感，"绿杨楼外出秋千"的形象跃然纸上，而且是灵动的、若隐若现的。晁补之盛赞的这个"出"字，妙处就在这里。这也正是王国维将在《人间词话》后文里提出的"不隔"之美。

上片是诗人看风景，下片是诗人看自己："白发戴花君莫笑"，说自己头发都白了，却还戴着花，但戴就戴了，谁也别笑话。其实在唐宋两代，男人头上戴花并不稀奇。欧阳修记载过洛阳的风俗，说每到春天，城里人不分贵贱都戴花，连挑担子的体力劳动者也不例外。但也许颍州没这个风俗吧，所以当地人看到大城市里来的大官居然白发戴花，会觉得好笑。

"六幺催拍盏频传"，"六幺"是一种舞曲的名字，这是说自己正在画船上喝酒看歌舞，不亦乐乎。不过诗人丝毫不以骄奢淫逸为耻，公然说出了"人生何处似樽前"，理直气壮。

但对这首词的含义，前辈们的理解很不一致。陈廷焯说欧阳修这是风流自赏，黄蓼园说末句写得无限凄怆沉郁。两说都有理，前者切合了当时的社会大环境，也更合这首词的字面，后者切合了欧阳修当时的政治生涯的遭遇。但究竟怎么理解，只能见仁见智了。

我们再来看看冯延巳的《上行杯》（落梅着雨消残粉）：

落梅着雨消残粉，云重烟轻寒食近。罗幕遮香，柳外秋千出画墙。
春山颠倒钗横凤，飞絮入帘春睡重。梦里佳期，只许庭花与月知。

这首词的主旨仍不出男欢女爱，历来也不大受到重视。单从诗艺而论，"柳外秋千出画墙"比之"绿杨楼外出秋千"，究竟怎么分出高下呢？刘锋杰和章池有过一个出彩的解读："'绿杨楼外出秋千'结句在'秋千'上，有绿树粉墙相衬，更显出秋千的飘荡飞动，令人神往。所以，用一'出'字，有带着秋千破空而来、高高扬起的劲健。而'柳外秋千出画墙'结句在'画墙'上，画墙处虽有秋千的荡起，终受画墙意象的一些遮蔽，却又似乎未能充分扬起，秋千的神韵没有完全展放。"（《人间词话解读》）

这个解释是可以成立的，对我们欣赏诗词也很有启发，但对这里欧词和冯词的比较而言，还可以有相反的看法成立。我以为，并不能说"欧语尤工"，反而是冯延巳写得更好。因为王国维在做这番品评的时候，忽略了"柳外秋千出画墙"的前边还有一句不可或缺的"罗幕遮香"。先有一"遮"，后有一"出"，妙就妙在这里，但王国维没看出来。"罗幕遮香，柳外秋千出画墙"其实和"春色满园关不住，一枝红杏出墙来"有异曲同工之妙，但比后者更有胜之。因为"春色"一句已经先把"关不住"交代出来了，失去了先抑后扬的戏剧性。

话说回来，即便"绿杨楼外出秋千"比"柳外秋千出画墙"更好，王国维也错了。因为这两句词还有更早的源头，就是王维的"蹴鞠屡过飞鸟上，秋千竞出垂杨里"。饶宗颐说彭孙遹的《词藻》早已指出过这个出处了，难道王国维没看到吗？（《人间词话平议》）看来即便是顶尖的专家，对自己专业领域里的书也有漏读的时候。

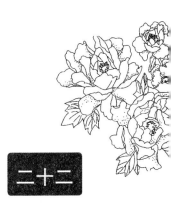

梅舜 [圣] 俞《苏幕遮》词:"落尽
梨花春事 [又] 了。满地 [残] 阳,翠色
和烟老。"刘融斋谓:少游一生似专学
此种。余谓:冯正中《玉楼春》词:"芳
菲次第长相续,自是情多无处足。尊前
百计得春归,莫为伤春眉黛促。"永叔
一生似专学此种。

这一节是从词风相似性的角度来推测秦观和欧阳修在填词一事上的
效法对象。当然,并没有切实的依据。刘熙载说过,秦观一生似乎都在
效法梅尧臣"落尽梨花春又了。满地残阳,翠色和烟老"这个风格,王
国维跟着讲出自己的发现:欧阳修一生似乎都在效法冯延巳"芳菲次第
长相续,自是情多无处足。尊前百计得春归,莫为伤春眉黛促"的风格。

梅尧臣,字圣俞,是北宋初期的一位诗人,致力于为北宋诗坛拨
乱反正。所谓"乱",是当时西昆体流行,雕琢形式而脱离现实;所谓
"正",就是要平朴真切、抒写生活。

梅尧臣的出发点是很好的,但矫枉过正。如果把他的诗翻译成白话,
我们会以为这是新中国初期的乡土作家的作品。钱钟书说,梅尧臣追求
平淡,但往往平得没有劲,淡得没有味;他要矫正华而不实、大而无当

的习气，就每每一本正经地用一些笨拙的、不像诗的词句来写琐碎、丑恶、不大入诗的事物。比如聚餐后害霍乱、上茅房看见粪蛆、喝茶之后肚子里打咕噜之类。可以说从坑里跳出来，又掉到井里去了。（《宋诗选注》）附带一提：写琐碎、丑恶、不大入诗的事物也可以写得很唯美，李商隐就写过一首如厕诗，朦胧美艳，和《锦瑟》都能有一比，以至于很多人根本读不出它的主题。

梅尧臣在诗歌史上算是一位特色人物，在词史上却没什么分量。宋词选本里很少能见到梅尧臣的名字，《全宋词》也仅收他的两首词，其中之一就是"落尽梨花春又了"的出处所在：《苏幕遮》（露堤平）：

> 露堤平，烟墅杳。乱碧萋萋，雨后江天晓。独有庚郎年最少。窣地春袍，嫩色宜相照。
> 接长亭，迷远道。堪怨王孙，不记归期早。落尽梨花春又了。满地残阳，翠色和烟老。

如果熟悉梅尧臣的诗，很难想象他能写出这样婉约伤感的词来。这首词通篇描写春草，但不是写一个特定时间中对春草的观感，而是写春草从生长到枯萎的一个过程。再把人物形象放到这个过程里来，营出一种"物犹如此，人何以堪"的气氛。

上片一开始，"露堤平，烟墅杳。乱碧萋萋，雨后江天晓"，这个画面还算有几分明快，雨过天晴，江天爽朗，被雨打过的一片茫茫春草正是最喜人的颜色，而人物也是与之相配的："独有庚郎年最少。窣地春袍，嫩色宜相照。""庚郎"本义是指庚信，用"郎"称呼，是说年轻时候的庚信。

庚信其人，从小就聪明伶俐、俊秀可爱，少年成名，长大了就成为一代才子。庚大才子的一生是非常尴尬的一生，他出身很好，自幼便随父亲出入于南方梁朝的宫廷，后来担任了东宫学士，成为当时首屈一指的文学家。就在这个时候，政局变动，发生了著名的侯景之乱，庚信逃亡，辅佐了梁元帝。后来出使西魏，就在出使期间，梁朝被西魏所灭，庚信便没有祖国可归了。因为庚信文名很盛，被西魏留在北方不放，再后来北周代魏，对庾信更加器重，封他以高官显爵。

当时的南方政权，梁国已灭，陈国代兴。北周和陈国关系不错，双方达成了一个人性化的协议，准许流寓北方的南国人士重回故土。但这政策还有两个特例：谁都能回乡，唯有庾信和王褒不能。此时的庾信并不是一个简简单单的庾信，而是文化大旗、国家宝藏，既显赫又无奈。

庾信的文学创作，在被留西魏之前，是典型的宫廷式样，文采华丽。此后则既有思乡怀国之苦，又有出仕敌国的屈辱，风格转为沉郁，所以杜甫说他"庾信文章老更成，凌云健笔意纵横"，"庾信文章最萧瑟，暮年诗赋动江关"。

我把庾信的情况介绍这么详细，是很有必要的。选本里一般讲到这首词，只是说"庾郎"本义是庾信，这里代指离乡为官的青年才俊，这层意思没错，但还有一层深意，稍后就会讲到。

"窣（sū）地"，即拂地；"春袍"，宋代的官服按品级的不同而颜色有异，八品和九品官穿青袍，也称春袍。"独有庾郎年最少。窣地春袍，嫩色宜相照"，这是说年轻俊逸的青年官员身穿青袍，和满地青草正相映衬。这一句很有朝气，暗示着这位年轻才俊此生为官有一番锦绣前程。这是化自李商隐《春游》诗的"庾郎年最少，青草妒春袍"。

草在诗歌传统里是一个古老的套语，含义是远行，尤其是指年轻才俊的远行。人在无边的草地上越走越远，感觉好像草在对人送行一般。白居易的成名作《赋得古原草送别》的最后两句就是"又送王孙去，萋萋满别情"。

下片语意一转："接长亭，迷远道。堪怨王孙，不记归期早。"那个年最少的庾郎怎么一去不回呢？词人没有直接给出答案，收尾用了一句非常含蓄的"落尽梨花春又了。满地残阳，翠色和烟老"，梨花落尽了，春天过去了，在残阳的照耀下，满地的青草在迷蒙的烟霭中就这样老去了。

字面是说青草已经老去了，却一直没等到当初出发的庾郎回来；实则是说那位庾郎已经老了，却一直没能回来。为什么没能回来？这就和前文交代过的庾信的身世有关：不是不想回来，而是回不来了。

梅尧臣用庾信这个典故，既不是仅仅用庾郎代指青年才俊，好比用谢娘简单代指美女一样，也不是死扣着庾信的身世；而是重点扣在庾信思归而归不得、不得不终老异乡的境况，与少年得志、意气风发的时候对照。这个对照，才是全词的核心。如果以《人间词话》西学背景下的"优美"和"宏壮"的理论来看，这首看似优美的小词其实表现的是宏壮之美，因为它在描写一种足以震慑人心的、使人意识到自己绝对无法与之抗争的东西，那就是命运。

我们只有理解到这一步，才能明白为什么刘熙载说"少游一生似专学此种"——婉约风格的词人有那么多，为什么不说别人，偏偏说秦观一生都在效法这种风格。原因就在这里，这才是透过现象看到本质。

其实这只是我的看法，刘熙载并没有看到这一层，他只是误打误撞地说对了话而已。刘在《艺概·词曲概》里的原话是："少游词有小晏之妍，其幽趣则过之。梅圣俞《苏幕遮》云：'落尽梨花春又了。满地残阳，翠色和烟老'，此一种似为少游开先。"接下来一段又说："秦少游词得《花间》、《尊前》遗韵，却能自出清新。"看刘熙载对秦观的评价，不过是说秦观虽承花间风格，却多了一种旁人没有的幽趣。

但梅尧臣"落尽梨花"一句仅仅是幽趣吗？完全不是——用德国话说，是宏壮或崇高；用中国话说，是苍凉和无奈。但我为什么说刘熙载误打误撞地说对了呢？因为秦观的词也有这种风格，而不仅仅是所谓幽趣。（秦观的词，《人间词话》后文还会讲到，我们也留到后文再议。）

我们再看"芳菲次第长相续"几句，这是出自冯延巳的《玉楼春》（雪云乍变春云簇）：

雪云乍变春云簇。渐觉年华堪纵目。北枝梅蕊犯寒开，南浦波纹如酒绿。

芳菲次第长相续。自是情多无处足。尊前百计见春归，莫为伤春眉黛蹙。

这首词的主旨是及时行乐。前两句"雪云乍变春云簇。渐觉年华堪纵目"是说天气由冬入春，一派大好风光，正是极目远眺的好时候。

"北枝梅蕊犯寒开，南浦波纹如酒绿"，这是关于大庾岭的一则典故：由于大庾岭的地理位置比较特殊，因此岭上的同一棵梅树并不同时开花，而是向南的枝条上先开花，等这些花落了，向北的枝条上才开出花来。春天的暖意由南到北而来，在这些梅花上有了这样一种极端的体现。此刻北枝的梅花也开放了，南边的水岸也泛着酒绿色的波纹。

下片"芳菲次第长相续。自是情多无处足"正是接着"北枝"一句来的：梅花从南枝开到北枝，春光从这里渡到那里，此花开过彼花开。"尊前百计见春归，莫为伤春眉黛蹙"，这样连绵不断的大好春光是好不容易才见到的，所以只要尽情地珍惜、尽情地享受就好，不要愁眉苦脸地泛起伤春之情。

看看下片这四句，可以说"永叔一生似专学此种"吗？前文讲过，享乐主义是宋朝开国以来的一大社会风气，宋词的早期又以歌舞欢会为主旋律，为什么独独说欧阳修"专学此种"呢？叶嘉莹说，冯延巳的词是缠绵郁结、热烈执著，欧阳修的风格则是抑扬唱叹、豪宕沉挚。欧词抑扬往复、深挚沉着的一面便与冯词缠绵沉郁之致颇有相近之处。（《唐宋词名家论稿》）

我们看同样表现及时行乐的词作，宋祁的"与君持酒劝斜阳，且向花间留晚照"，词足则意足，并没有意在言外的地方；晏殊"座有嘉宾尊有桂。莫辞终夕醉"，一派太平气象；欧阳修"直须看尽洛城花，始共春风容易别"，独有一种豪宕沉挚的气质，换句话说，既洞晓命运的苍凉，又有一种乐观主义的自信。——这是最难得的一种乐观主义。

我们说起乐观主义，常常有一种庸俗的印象，比如相信自己一定有能力把事情办好，相信事情一定会朝着好的方向发展，这都是励志书给年轻人的教育。而欧阳修的乐观主义是：明知道春天很快就会过去，明知道喝酒听歌的日子不会长久，明知道政治理想很难顺利实现，明知道强大的政敌时时处处都在盯着自己……明知道以个人的卑微面对命运的强大一定会输，但仍要在输给命运之前做最后的一搏。这才是欧词和冯词最相似的地方。

但是，欧词和冯词太过相似，以至于有些作品很难说清到底是欧阳修的还是冯延巳的。尤其那时候的词并不是像诗和文章一样被作者当做立言的作品认真对待、收集成册，而是在坊间流传，经过歌女的口四处传播的。至于这首《玉楼春》，《尊前集》标注为冯延巳的作品，《欧阳文忠公近体乐府》又当做欧词收录。到底作者是谁，一直争论不清。唐圭璋《全宋词》在欧阳修名下收录了这首词，但在末尾题了一行小注，说"此首别又作冯延巳词，见《尊前集》"，以存疑的态度对待。

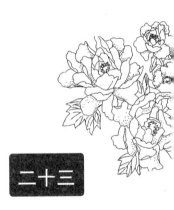

人知和靖《点绛唇》、舜〔圣〕俞
《苏幕遮》、永叔《少年游》三阕为咏春
草绝调。不知先有正中"细雨湿流光"
五字，皆能摄春草之魂者也。

在这一节里，王国维继续推举冯延巳，说世人并列林逋的《点绛
唇》、梅尧臣的《苏幕遮》和欧阳修的《少年游》为咏春草的最好的作
品，却不知道冯延巳早就写过"细雨湿流光"，和前三篇名作一样，把
春草的魂写了出来。

林逋是钱塘（杭州）人，隐居在西湖孤山，不仕不娶，号称"梅妻
鹤子"（南宋有个叫林洪的人冒充是林逋之后，骗过了不少人）。宋真宗
听说过他的名气，派人每年都去孤山慰问，在林逋死后还赐给他一个谥
号"和靖先生"，所以后人也称他为林和靖。林逋最有名的作品是一首
咏梅诗，其中"疏影横斜水清浅，暗香浮动月黄昏"仅改了江为原作的
两个字，便传为千古名句。这是在第十三节里讲到的。

林逋的词，《全宋词》里只有三首，这里提到的《点绛唇》是：

金谷年年，乱生春色谁为主？余花落处，满地和烟雨。
又是离歌，一阕长亭暮。王孙去。萋萋无数，南北东西路。

这首词也曾被误认为姜夔的作品。首句"金谷年年，乱生春色谁为主？""金谷"，本义是晋代首富石崇在金谷涧的别墅，石崇曾在这里汇集当世名流送别王诩，后来江淹在他的名文《别赋》里写过"送客金谷"云云。这就塑造了一个诗歌套语，以后诗人们说到金谷的时候，往往就有饯别的含义在。而草作为诗歌套语，上一节讲过，也有送别的含义。下片又是离歌，又是长亭，又是王孙，也都是离别的意象。把离愁别绪烘托到最后，以一句"萋萋无数，南北东西路"作结，这画面是春草乱生，无边无际，伴着同样看不到边际的南北东西的道路。草到底生向何方，不知道；人到底去了哪里，也不知道；自己该走哪条路，还不知道。这九个字仅仅描绘了一幅画面，看似纯粹的客观写实，却传达出了很深、很复杂的意境和情绪。如果把它当做一幅画，并且给这幅画起一个题目，我们可以用纯然描绘情绪的"茫然无措"这个词。

梅尧臣的《苏幕遮》（露堤平）上一节已有介绍，我们接下来看看欧阳修的《少年游》（阑干十二独凭春）：

阑干十二独凭春，晴碧远连云。千里万里，二月三月，行色苦愁人。
谢家池上，江淹浦畔，吟魄与离魂。那堪疏雨滴黄昏，更特地、忆王孙。

首句点出凭栏远望，满眼春光。所谓"阑干十二"，是说阑干曲折回还，"十二"是个虚数。顺便讲讲，中国传统中的数字用法，有几种特例。比如三、九、三十六、七十二，常常都是虚指。《论语》里有一句著名的话"吾日三省吾身"，有人解释为每天自我反省三件事，这是不合语法的。这里的"三"意思是"多"。"三思而行"如果翻译成英文，应该用英文习语中的"think it twice"，不能译成"think it thrice"。而巧合的是，英语里表示"三次"的thrice也指"多"，比如"a thrice-empty phrase"，意思就是"纯属空谈"。

"十二"也是一个特殊的数字，是所谓的"天之大数"，这是从岁星（木星）十二年绕天一周而来的。周代制礼，天子的服装、仪仗等等，就会体现这个数字。哪怕是送礼，礼品送多少，周礼都有详细规定，上等礼品数量的最高定额就是十二。为什么说中国是礼仪之邦，这就是一个体现。

"十二"还有仙家的意味。我在《纳兰词续评》里解释"十二楼寒双鬓薄"，说"十二楼"在《史记》和《汉书》里都有提到，大略就是方士所谓的仙人居所，是为"五城十二楼"。后来李白为了写诗押韵，颠倒了一下词序："天上白玉京，十二楼五城。仙人抚我顶，结发受长生。"古龙在《七种武器》里用到过这首诗，大概是为了顺嘴，把"十二楼五城"改回"五楼十二城"，这是大家都知道的版本。归根结底，讲到五城十二楼的时候，意思是指仙家。顾贞观"十二楼寒双鬓薄，遍人间、无此伤心地"，正是天上与人间对举。《红楼梦》所谓金陵十二钗，一方面应当也出自"五城十二楼"的典故，把十二钗认做仙女。

我们在读诗词的时候会遇到不少数字，这些数字的背后往往会有一些背景含义。欧阳修写"阑干十二独凭春"，为什么不是"阑干十四"或者其他什么数字，因为它最直接的出处就是江淹《西州曲》中的"阑干十二曲，垂手明如玉"和李商隐《碧城》组诗中的"碧城十二曲阑干"，而李诗所谓的"碧城"本身就带仙气，《太平御览》有"元始天尊居紫云之阁，碧霞为城"。前辈诗人的这些积淀，已经使简简单单的一句"阑干十二独凭春"带有了一些字面以外的意思。但这些都不是诗人的实指，而是要靠读者去体会的。

接下来"晴碧远连云"正是上一句凭阑的所见，视野非常开阔，这也正是前文讲到的冯延巳词"堂庑特大"的特点。随后"千里万里，二月三月，行色苦愁人"，这是极漂亮的一句。"千里万里"是空间，"二月三月"是时间，"千里万里，二月三月"就在这简单的重复当中，意思上让读者感觉到一个从千里到万里、从二月到三月的"行程"，声音上同时让人感觉到如同车轮般的单调、跌宕、绵绵无尽。如此简单的字面，却制造出了如此上乘的艺术效果。《人间词话》第四十节讲"隔"与"不隔"的区别，就以这句词做例子，说"语语都在目前，便是不隔"。("隔"与"不隔"堪称《人间词话》影响最大的偏颇之论，现在不少人仍以这个标准来区别诗词的优劣，我们等到后文再细说。)

词的下片"谢家池上，江淹浦畔，吟魄与离魂"，如果把这句话的语序顺过来，其实是"谢家池上的吟魄与江淹浦畔的离魂"。王国维说这句话"隔"了，实际是用典太深了。

用典已经是"隔"了，何况又用深了。但是，初级的诗词爱好者一般不会认为这一句用典用深了，因为"谢家池上"和"江淹浦畔"都是很常见的典故，不难理解。"谢家池"是谢灵运的池塘，谢灵运就是登上了这座池塘旁边的小楼才吟出那句千古传诵的"池塘生春草"的；"江淹浦"取自江淹《别赋》中的"春草碧色，春水渌波，送君南浦，伤如之何"，两则典故都和草有关，后者更点出了送别的意思。

用典到底深在哪里呢？因为若仅仅从"谢家池上"想到"池塘生春草"不仅是不够的，而且会产生错误的情绪关联。"池塘生春草"一句本身有一种生机盎然、造化自然的感觉，所以字面虽然普通，却是千古名句。但欧阳修这里取的并不是这层意思，而是取自一个更大的背景：谢灵运在写这首诗的时候，正受到政治新贵的排挤，被迫出守永嘉郡（今浙江温州），政治上远离中央，个人感情上远离家乡，心情郁闷，进退维谷。这个"远离"才是欧阳修的取意所在。我们只有这样理解，整首词在情绪上才是贯通的。但这个联想实在有些曲折，我自己也是读了好几遍才想通的。

结尾"那堪疏雨滴黄昏，更特地、忆王孙"，情绪上紧承上文，是说"谢家池上，江淹浦畔"已经够令人郁闷了（如果把"谢家池上"仅仅联系到"池塘生春草"，就找不到这个"郁闷"），更何况黄昏疏雨点点滴滴，更惹起对远行之人的思念。

这首词还有一则故事：一次有人说起林逋的《点绛唇》（金谷年年）写春草写得极好，梅尧臣不知是因为钦慕还是因为不服，就跟着写了那首《苏幕遮》（露堤平），欧阳修赞不绝口，自己也跟着写了一首咏草的词，就是这首《少年游》（阑干十二独凭春）。吴曾评论说：欧阳修这首词不但超越了林逋和梅尧臣，就算放到唐代温庭筠、李商隐的集子里，别人也不会怀疑。（《能改斋漫录》）

王国维不大服气，说咏春草而"能摄春草之魂"的佳作不止这三首，在它们之前还有冯延巳的一首，只是被人冷落罢了。言下大有为冯延巳鸣不平之意。我们再看看冯延巳的这首《南乡子》（细雨湿流光）：

细雨湿流光，芳草年年与恨长。烟锁凤楼无限事，茫茫，鸾镜鸳衾两断肠。

魂梦任悠扬，睡起杨花满绣床。薄幸不来门半掩，斜阳，负你残春泪几行。

其实倒不用王国维来鸣不平，前人对这首词并没少好评。宋人周晋仙说整部《花间集》只有五个字绝佳，就是"细雨湿流光"。(《贵耳集》) 尤其是有一次王安石问黄庭坚："李后主的词哪里最好？"黄庭坚说："问君能有几多愁，恰似一江春水向东流。"王安石并不同意，说："不如'细雨湿流光'最妙。"王安石这是张冠李戴了。但经他这一品评，"细雨湿流光"一句便传诵人口、妙绝千古了。(《雪浪斋日记》)

但大家要注意一点，无论是周晋仙还是王安石，夸赞归夸赞，却谁也没说这句话是描写春草的。"流光"并不形容春草，王国维应是误解了。

对这个问题，鲜见有人解释，只有佛雏的说法貌似能说得通："此五字似从唐人'草色全经细雨湿'句（王维）演化而来。大抵春草经细雨而愈茁壮、愈碧润，远望千里如茵，'光'影'流'动，若与天接。"(《"合乎自然"与"邻于理想"试解》)

草上"光"影"流"动，是为"流光"，这有点望文生义。在"流光"这个词的几种义项里，没有任何一项可以用来形容春草。我们看唐诗里用到这个词，要么指似水年华，要么指月光。和"细雨湿流光"相近的用法，有方干的"空中露气湿流光"，但方干这首诗的题目是《月》，露气打湿的不是春草，而是月光。王景中的诗里有"飘素衰萍末，流光晚蕙丛"，"飘素"和"流光"对举，虽然都落在草上，但都是形容霜的。

再联系这首词的闺怨主题和上下文来看，这里的"流光"可能有两种解释：一是指月光，二是指似水年华，以第二种解释为佳。因为我们看"细雨湿流光，芳草年年与恨长"，后一句是说草每年都会生长，就像女主角心头的幽怨每年都会生长一样。那么，既然是"年年"，就不是在说当下看到了春草生长，所以"流光"最佳的解释就应该是似水年华，如此才能前后贯通。

我们再看接下来的"烟锁凤楼无限事，茫茫，鸾镜鸳衾两断肠"，"凤楼"代指女子的住处；"鸾镜"和"鸳衾"对举，照镜子梳妆是早晨的事，盖被子睡觉是晚上的事，所以这是在说从早到晚都在"断肠"，仍然是在强调一个连续而漫长的时间。

王国维误以为"细雨湿流光"是描写春草，我们且放过他这个错误不管，看看他要说明的道理何在。王国维说这些词句"皆能摄春草之魂"，这也就是我在第十三节里讲到的，它们都捕捉到了叔本华所谓的"理念"，或者苏轼所谓的"写物之工"。用通俗的语言来说，它们都捕捉到了春草所独具的、无可替代的特点。无论是林逋的"萋萋无数，南北东西路"，还是梅尧臣的"落尽梨花春又了。满地残阳，翠色和烟老"，还是欧阳修的"千里万里，二月三月，行色苦愁人"，字面虽然都没透出"草"字，用这几句词来形容"草"之外的任何事物，都不可能贴切。它们只有在被用来形容春草的特点时才是最贴切的、最令人信服的，也是能让人眼前一下子就浮现出春草萋萋的画面来的。

《人间词话》第三十六节说："美成《青玉案》词：'叶上初阳干宿雨。水面清圆，一一风荷举。'此真能得荷之神理者。觉白石《念奴娇》《惜红衣》二词，犹有隔雾看花之恨。"周邦彦"叶上初阳"两句是描写荷花的，性质和这三则描写春草的词句一样，但王国维用了另外一个说法："此真能得荷之神理者。"荷之"神理"，也就是春草之"魂"，每种事物都有它独特的、不可替代的特点。能否抓到这个特点，就是一首咏物诗能否成功的关键。

后　记

因为讲得很详细，所以只讲完了《人间词话》的前二十三节，是否还会继续，就取决于这本《初编》的市场接受程度了。下了这么大的气力，是因为我想把它写成同类书中最好的一本，想写成既能满足初级诗词爱好者的需要，又能对《人间词话》的研究与诗词解读作出一些新的知识上的积累。希望我实现了这些目标，也希望大家能够喜欢。

讲了这么多诗词，最后介绍一个从王安石传下来的诗词小游戏：集句。就是把前人的诗词拆散，抽出单句，重新组合成一首诗。以下我用唐诗的句子集一首七律，再给自己加一条限制：韵脚用欧阳修《戏答元珍》的韵脚用字：

谢公秋思渺天涯，——令狐楚《奉和严司空重阳日同崔常侍、崔郎及诸公登龙山落帽台佳宴》

烟浦空悲黄菊花。——李绅《忆至巩县河宿待家累追怀》

枕上未醒秦地酒，——韩翃《送客水路归陕》

袖中拈出郁金芽。——王建《宫词》

子规夜夜啼楮叶，——李嘉祐《暮春宜阳郡斋愁坐，忽枉刘七侍御新诗，因以酬答》

上苑年年占物华。——柳宗元《种木榭花》

行处便吟君莫笑，——薛能《自讽》

临岐不用重咨嗟。——武元衡《夏夜饯裴行军赴朝命》

这是集了八位不同诗人的诗句，也可以专集一个人的句子，下面我用吴梅村的诗句集成一首七律：

艳色知为天下传，——《听女道士卞玉京弹琴歌》

好将鸿宝驻朱颜。——《过淮阴有感二首之二》

十年此地扁舟驻，——《鸳湖曲》

千缀奇文舞凤旋。——《杂感二十一首之二》

车过卷帘劳怅望，——《琴河感旧四首之四》

月明吹笛不知眠。——《听朱乐隆歌六首之一》

气倾市侠收奇用，——《怀古兼吊侯朝宗》

世事浮名总弃捐。——《将至京师寄当事诸老四首之四》

对于古人来说，诗词是自我表达的方式，是社交手段，是艺术，也是娱乐。作为娱乐，它衍生出了许多丰富的形式，有自娱自乐的，也有竞技性的。诗词既表达着古人的生活，也构成着古人的生活。

苏缨

2009 年 1 月